AF590418

ORDRE DES VACATIONS.

Première vacation. — *Lundi 23 février 1874.*

1 à 200

Deuxième vacation. — *Mardi 24 février.*

201 à 400

Troisième vacation. — *Mercredi 25 février.*

401 à 591

CONDITIONS DE LA VENTE.

La vente se fait au comptant.

Les réclamations devront être faites, au plus tard, dans les vingt-quatre heures qui suivront la dernière vacation. Passé ce délai, les articles adjugés ne seront repris pour aucune cause.

Il y aura, chaque jour de vente, de deux heures à quatre, exposition des livres composant la vacation du soir.

Paris. — Typographie de Georges Chamerot, rue des Saints-Pères, 19.

1874. 23 Février

CATALOGUE

DE

LIVRES FRANÇAIS

DE LITTÉRATURE ET D'HISTOIRE

BIEN RELIÉS

DONT LA VENTE AURA LIEU

Le lundi 23 ~~mars~~ février 1874, et les deux jours suivants

à sept heures et demie précises du soir

Rue des Bons-Enfants, 28 (maison Silvestre)

SALLE N° 1.

Par le ministère de Me DELBERGUE-CORMONT, commissaire-priseur
Rue de Provence, 8

PARIS
ADOLPHE LABITTE
LIBRAIRE DE LA BIBLIOTHÈQUE NATIONALE
4, rue de Lille, 4

—

1874

CATALOGUE

DE

LIVRES FRANÇAIS

DE LITTÉRATURE ET D'HISTOIRE

TRÈS-BIEN RELIÉS

THÉOLOGIE.

1. Le Cantique des cantiques, traduit de l'hébreu par Ernest Renan. *Paris, M. Lévy*, 1860, in-8, demi-rel. mar. br. n. rog.

2. Études critiques sur la Bible. — Ancien Testament, — par Michel Nicolas. *Paris, M. Lévy*, 1862, in-8, demi-rel. mar. n. n. rog.

3. Le Nouveau Testament selon la Vulgate, trad. en français, avec des notes, par l'abbé J.-B. Glaire. Edition de luxe. *Paris, F. Didot, s. d.*, in-4, fig. et encadrements, demi-rel. mar. n. pl. toile, fil. tr. dor.

4. Le Nouveau Testament de N.-S. Jésus-Christ, traduit sur la Vulgate par Le Maistre de Sacy. *Paris, F. Didot*, 1818, in-8, v. rac.

5. Seconde Instruction sur les passages particuliers de la version du Nouveau Testament, imprimée à Trévoux en l'année 1702, avec une dissertation préliminaire sur la doctrine et la critique de Grotius, par messire J.-B. Bossuet. *Paris, Anisson*, 1703, in-12, v. gr.

Édition originale.

6. Vie du législateur des Chrétiens, sans lacunes et sans miracles par J. M. (J. Mosneron). *Paris, Dabin*, 1803, in-8, cart. n. rog.

7. Les Déicides, examen de la vie de Jésus, et des développements de l'Eglise chrétienne dans leurs rapports avec le Judaïsme, par J. Cohen. *Paris, M. Lévy*, 1864, in-8, demi-rel. mar. v. n. rog.

8. Vie de Jésus, par Ernest Renan. *Paris, M. Lévy*, 1863, in-8, demi-rel. mar. br.

9. Saint Paul, par Ernest Renan. *Paris, M. Lévy*, 1869, in-8, demi-rel. mar. br. n. rog.

10. Les Apôtres, par Ernest Renan. *Paris, M. Lévy*, 1866, in-8, demi-rel. mar. br. n. rog.

11. Histoire élémentaire et critique de Jésus, par A. Peyrat. *Paris, M. Lévy*, 1864, in-8, demi-rel. mar. n. n. rog.

12. La Bible dans l'Inde. Vie de Jezeus Christna, par Louis Jacolliot. *Paris, A. Lacroix*, 1869, in-8, demi-rel. mar. bl. n. rog.

13. Pour et contre la Bible, par Sylvain M*** (Maréchal). *A Jérusalem*, 1801, in-8, demi-rel. mar. v. n. rog.

14. Le Christianisme et ses origines, par Ernest Havet. *Paris, M. Lévy*, 1871, 2 vol. in-8, demi-rel. mar. bl. n. rog.

15. Légendes des litanies de la Sainte Vierge par Aug. et L. de Pas. *Paris, E. Dentu*, 1860, gr. in-8, pap. vél. fig. demi-rel. mar. r. n. rog.

16. L'Imitation de Jésus-Christ, traduction nouvelle avec réflexions par Mgr G. Darboy, illustrations d'Overbeck, dessins par Rouargue. *Paris, Morizot, s. d.*, gr. in-8, chagr. noir, tr. r.

17. L'Imitation de Jésus-Christ, traduite et paraphrasée en vers françois, par P. Corneille. *Paris, Techener*, 1856, in-8, pap. vél. demi-rel. mar. n.

18. Le Symbole des Apôtres, essai historique par Michel Nicolas. *Paris, M. Lévy*, 1867, in-8, demi-rel. mar. bl. n. rog.

19. Pensées de M. Pascal sur la religion et sur quelques autres sujets, qui ont esté trouvées après sa mort parmy ses papiers. *Paris, Guil. Desprez*, 1670, in-12.

Édition originale, contenant 365 pages.

20. Pensées de Blaise Pascal. *Paris, impr. de P. Didot*, 1817, 2 vol. in-8, demi-rel. dos et coins de v. v. n. rog.

21. Pensées de M. Pascal sur la religion et sur quelques autres sujets, qui ont esté trouvées après sa mort parmy ses papiers; seconde édition. *Paris, Guil. Desprez*, 1670, in-12, v. gr.

22. Les Provinciales, ou Lettres de Louis de Montalte par Blaise Pascal. *Paris, impr. de P. Didot*, 1816, 2 vol. in-8, demi-rel. dos et coins de v. v. n. rog.

23. Explication des Maximes des saints sur la vie intérieure, par messire Fr. de Salignac-Fénelon. *Paris, P. Aubouin*, 1697, in-12, v. gr.

Édition originale.

24. Divers Écrits ou Mémoires sur le livre intitulé : Explication des maximes des saints, etc., par messire J.-B. Bossuet. *Paris, J. Anisson*, 1698, in-8, v. marbr.

25. Directions pour la conscience d'un roi, composées pour l'instruction de Louis de France, duc de Bourgogne, par messire Fr. de Salignac de la Mothe-Fénelon. *La Haye, J. Neaulme*, 1748, in-12, v. gr.

26. Les Origines du sermon de la montagne, par Hippolyte Rodrigues. *Paris, M. Lévy*, 1868, in-8, demi-rel. mar. bl. non rog.

27. Petit Carême de Massillon, suivi des sermons et de l'oraison funèbre de Louis XIV. *Paris, Lefèvre*,

1826, in-8, pap. vél. portr. demi-rel. v. ant. tête dor. n. rog.

28. Recueil des Oraisons funèbres prononcées par messire J.-B. Bossuet. *Paris, Grégoire Du Puis*, 1699, in-12, v. f.

29. Dialogues sur l'éloquence en général, et sur celle de la chaire en particulier par messire Fr. de Salignac de la Mothe-Fénelon. *Paris, Fl. Delaulne*, 1718, in-12, v. gr.

30. Sermons facétieux ou ridicules, ou anecdotes curieuses sur les prédicateurs. *Paris, Delarue, s. d.*, in 8, demi-rel. mar. br. n. rog.

Exemplaire sur papier vert.

31. Les Sermons de mon curé, satires dédiées à MM. les curés, par Aug. Roussel. *Paris, s. d.*, in-8, fig. demi-rel. bas. v.

32. Les Inconvénients du célibat des prêtres, prouvés par des recherches historiques (par l'abbé Gaudin). *Genève, J.-L. Pellet*, 1781, in-8, demi-rel. mar. bl. n. rog.

33. Du Célibat religieux, considéré dans son origine et dans ses conséquences pour la religion et la société, par un ancien magistrat (G. Peignot). *Paris, Paulin*, 1831, in-8, br.

34. Lettres sur le célibat ecclésiastique, par Mgr L.-A.-A. Pavy. *Alger, Bastide*, 1851, in-8, demi-rel. mar. bl. n. rog.

35. Maximes et Réflexions sur la comédie, par messire J.-B. Bossuet. *Paris, J. Anisson*, 1694, in-12, v. gr.

36. Des Comédiens et du Clergé, par le baron d'Hénin de Cuvilliers. *Paris*, 1825. — Trop est trop, Capitulation de la France avec ses moines et religieux de toutes les livrées (par Maubert de Gouvert). *La Haye*, 1767. — Mémoires pour servir à l'histoire de la calotte (par l'abbé de Mar-

gon, l'abbé Desfontaines,). etc. *Basle*, 1725. — Institutions secrètes des Jésuites. *Paris*, 1861, 4 vol. in-12, demi-rel. et cart. n. rog.

37. La France mystique, tableau des excentricités religieuses de ce temps, par Alex. Erdan. *Amsterdam*, *C. Meyer*, 1860, 2 vol. in-12, portr. demi-rel. mar. viol. n. rog.

38. Larroque (Patrice). Rénovation religieuse. — Examen critique des doctrines de la religion chrétienne. *Paris*, *A. Lacroix*, 1864, 3 vol. in-12, demi-rel. mar. viol. n. rog.

39. Origine de tous les cultes, ou Religion universelle, par Dupuis. *Paris*, *L. Rosier*, 1835-36, 10 vol. in-8, demi-rel. v. viol.

40. Abrégé de l'origine de tous les cultes, par Dupuis. *Paris*, *Lebigre*, 1836, in-8, portr. demi-rel. mar. v.

41. Lettres à Émilie sur la mythologie, par C.-A. Demoustier. *Paris*, *Furne*, 1860, in-8, fig. sur chine de Moreau, demi-rel. mar. br. pl. toile, tr. dor.

SCIENCES. — BEAUX-ARTS.

42. Dictionnaire universel des sciences, des lettres et des arts, par M. N. Bouillet. *Paris*, *L. Hachette*, 1862, 1 tome en 2 vol. gr. in-8, demi-rel. mar. v. n. rog.

43. Un Million de faits, aide-mémoire universel des sciences, des arts et des lettres, par J. Aicard, Desportes, P. Gervais, L. Lalanne, etc. *Paris*, *J.-J. Dubochet*, 1843, in-12, fig. demi-rel. dos et coins de mar. n. n. rog.

44. Essais de Michel de Montaigne, nouvelle édition. *Paris*, *Lefèvre*, 1818, 5 vol. in-8, portr. demi-rel. mar. viol. n. rog.

45. De la Sagesse, trois livres, par P. Charron, nouvelle édition, publiée avec des notes par Amaury

Duval. *Paris, Chassériau*, 1820, 3 vol. in-8, portr. demi-rel. v. bl.

46. Socrate chrestien, par le sieur de Balzac, et autres œuvres du mesme autheur. *Imprimé à Rouen, et se vend à Paris, chez Augustin Courbé*, 1661, pet. in-12, v. gr.

47. Réflexions ou Sentences et maximes morales de la Rochefoucauld. *Paris, Lefèvre*, 1827, in-8, pap. vél. portr. demi-rel. v. ant. tête dor. n. rog.

48. Réflexions ou Sentences et maximes morales de la Rochefoucauld, édition E. Lacour. *Paris, D. Jouaust*, 1868, in-8, pap. vergé, br.

49. Les Caractères de la Bruyère, suivis des Caractères de Théophraste, traduits du grec par le même. *Paris, Aimé André*, 1829, 2 vol. in-8, pap. vél. portr. demi-rel. v. ant. tête dor. n. rog.

50. Œuvres de Spinoza, traduites par E. Saisset. *Paris, Charpentier*, 1842, 2 vol. in-12, demi-rel. mar. viol.

51. L'Homme sauvage, par M. Mercier. *A Neuchâtel*, 1784, in-8, demi-rel. v. f. n. rog.

52. Le Testament de Jean Meslier, curé d'Étrépigny en Champagne. *Amsterdam*, 1864, 3 vol. in-8, demi-rel. mar. v. n. rog.

53. Œuvres complètes de Ch. Fourier. *Paris*, 1846, 6 vol. in-8, demi-rel. mar. br. n. rog.

54. La Religion naturelle, par Jules Simon. *Paris, L. Hachette*, 1856, in-8, demi-rel. mar. viol.

55. La Liberté de conscience, par Jules Simon. *Paris, L. Hachette*, 1857, in-12, demi-rel. mar. n.

56. Le Progrès, par Edm. About. *Paris, L. Hachette*, 1864, in-8, demi-rel. mar. br. n. rog.

57. Dieu et son Homonyme, par A. Saisset. *Paris*, 1867, in-8, demi-rel. mar. r. n. rog.

58. Dieu dans la nature, par Camille Flammarion. *Paris, Didier*, 1867, in-8, portr. demi-rel. mar. bl. n. rog.

59. Gli Ornamenti delle donne, scritti per M. Giovanni Marinello. *In Venetia, appresso Giovanni Valgrisio*, 1574, pet. in-8, v. f. fil. tr. dor.

60. Les Vertus du beau sexe, par M. F*** D*** C***. *La Haye, Jacques van den Kieboom*, 1733, pet. in-8, demi-rel. dos et coins de mar. r. tête dor. n. rog. (*Rapartier.*)

61. La Femme jugée par l'Homme, par L.-J. Larcher. *Paris, Garnier*, 1858, in-12, demi-rel. mar. br. n. rog.

62. Les Courtisanes de l'antiquité, Marie Magdeleine, par Marc de Montifaud. *Paris, A. Lacroix*, 1870, in-8, demi-rel. mar. viol. n. rog.

63. Les Femmes du temps passé, par M. Arsène Houssaye. *Paris, Morizot, s. d.*, gr. in-8, portr. demi-rel. dos et coins de mar. r. tête dor. n. rog.

64. Nouveau Traité d'économie politique, par N. Villiaumé. *Paris, A. Lacroix*, 1865, 2 vol. in-8, demi-rel. mar. v. n. rog.

65. Maximes politiques à l'usage de la démocratie, par Ed. Alletz. *Paris, Delloye*, 1840, in-18, demi-rel. v. r.

66. Gouvernement direct. Organisation communale et centrale de la république, par les citoyens H. Bellouard, Benoît, C. Renouvier, etc. *Paris*, 1851, in-8, br.

67. De la Justice dans la Révolution et dans l'Église, par P.-J. Proudhon. *Paris, Garnier*, 1858, 4 vol. in-12, demi-rel. mar. n. n. rog.

68. L'Esprit de la guerre, principes nouveaux du droit des gens, de la science militaire et des guerres civiles, par N. Villiaumé. *Paris, A. Lacroix*, 1864, in-8, demi-rel. mar. v. n. rog.

69. De la Propriété, par M. A. Thiers. *Paris, Paulin*, 1848, in-8, demi-rel. mar. viol.

70. De Quelques Améliorations à introduire dans l'instruction publique, par Louis-Gabriel Taillefer. *Paris, Ant.-Aug. Renouard*, 1824, in-8, demi-rel. mar. v.

71. Recueil de discours prononcés aux distributions de prix et à la rentrée des classes dans les colléges royaux et communaux, etc., par M. Dubois. *Paris, Delalain*, 1829, in-8, demi-rel. mar.

72. Du Prêtre, de la Femme, de la Famille, par J. Michelet. *Paris, Hachette*, 1845, in-8, demi-rel. mar. n.

73. Le Mariage, la Séparation et le Divorce, par J. Tissot. *Paris, Marescq*, 1868, in-8, demi-rel. mar. viol. n. rog.

74. Reybaud (L.). Jérôme Paturot à la recherche d'une position sociale. — Jérôme Paturot à la recherche de la meilleure des républiques. *Paris, Michel Lévy*, 1848, 3 vol. in-12, demi-rel. mar.

75. Le Monde des coquins, par L.-M. Moreau-Christophe. *Paris, E. Dentu*, 1864, 2 vol. in-12, demi-rel. mar. n. rog.

76. Dictionnaire universel de la vie pratique à la ville et à la campagne, par G. Belèze. *Paris, L. Hachette*, 1862, 1 t. en 2 vol. gr. in-8, demi-rel. mar. v.

77. L'Angleterre avant les hommes. Le Quinzième Déluge. Discours sur les révolutions du globe, etc., par A. Esquiros, C. Cuvier, P.-Ch. Joubert. *Paris, Passard*, 1864, gr. in-8, fig. demi-rel. mar. br. n. rog.

78. L'Esprit des bêtes, zoologie passionnelle. — Mammifères de France, par A. Toussenel. *Paris, E. Dentu*, 1862, in-8, br.

79. Michelet (J.). L'Insecte. — La Mer. *Paris, Hachette*, 1859-61, 2 vol. in-12, demi-rel. mar.

80. L'Esprit des bêtes. Le Monde des oiseaux, ornithologie passionnelle, par A. Toussenel. *Paris, E. Dentu*, 1864, 3 vol. in-8, portr. et fig. br.

81. L'Oiseau, par J. Michelet; vignettes sur bois dessinées par H. Giacomelli. *Paris, L. Hachette*, 1867, in-4, demi-rel. mar. v. n. rog.

82. Tristia, histoire des misères et des fléaux de la chasse en France, par A. Toussenel. *Paris, Dentu*, 1863, in-12, br.

83. Nouvelle Iconographie fourragère, par MM. J. Gourdon et P. Naudin. *Paris, P. Asselin*, 1865, in-4 et 1 vol. de planches, demi-rel. mar. v. n. rogné.

84. Les Roses, peintes par P.-J. Redouté, décrites par C.-A. Thorry. *Paris, Panckoucke*, 1814, in-8, pap. vél. demi-rel. mar. r. tête dor. n. rog.

85. Le Vieux-Neuf, histoire ancienne des découvertes modernes, par Ed. Fournier. *Paris, Dentu*, 1859, 2 vol. in-18, demi-rel. mar. br. n. rog.

86. La Faïence populaire au XVIIIe siècle, sa forme, son emploi, sa décoration, ses couleurs et ses marques. 112 planches en couleur, d'après les pièces originales, les principales dessinées et chromolithographiées sur fond teinté, par M.-A.-A. Mareschal. *Paris, Eug. Delaroque*, 1872, gr. in-8, cart. n. rog.

87. Les Classiques de la table, à l'usage des praticiens et des gens du monde. *Paris, Dentu*, 1844, in-8, portr. demi-rel. mar. n.

88. Physiologie du goût, ou Méditations de gastronomie transcendante, par un professeur. *Paris, impr. de David*, 1825, 2 vol. in-8, demi-rel. mar. br. n. rog.

89. Nostradamus, par Eugène Bareste. *Pierre Maillet,* 1840, in-8, portr. demi-rel. mar. br. n. rog.

90. Les Sciences occultes, ou Essai sur la magie, les prodiges et les miracles, par Eusèbe Salverte. *Paris, J.-B. Baillière*, 1856, in-8, portr. demi-rel. mar. bl. n. rog.

91. Apologie pour tous les grands hommes qui ont esté accusez de magie, par M. Naudé. *Paris, Fr. Eschart*, 1669, in-12, demi-rel. dos et coins de mar. r.

92. Les Galeries publiques de l'Europe, par M. J.-G.-D. Armengaud. *Paris, J. Claye*, 1856, in-4, fig. demi-rel. mar. viol.

93. Les Trésors de l'art, par M. J.-G.-Armengaud. *Paris, Ch. Lahure*, 1859, gr. in-4, fig. demi-rel. mar. r. pl. toile, tr. dor.

94. Catalogue de dessins et estampes de choix du cabinet de M. Chavray. *Paris*, 1766, in-12, br. — Catalogue d'une collection de dessins et estampes, par les sieurs Helle et Glomy. *Paris*, 1767, in-12, br. — Catalogue de tableaux, par P. Remy. *Paris*, 1773. — Catalogue d'une très-belle collection de tableaux, par F.-C. Joullain. *Paris*, 1778. — Vente considérable de tableaux, etc., à l'hôtel d'Aligre. *Paris*, 1778, in-8, br.

95. Essai typographique et bibliographique sur l'histoire de la gravure sur bois, par A.-F. Didot, pour faire suite aux costumes anciens et modernes de César Vecellio. *Paris*, 1863, in-8, demi-rel. mar. r. tête dor. n. rog.

96. Costumes anciens et modernes. Habiti antichi et moderni di tutto il mondo, di Cesare Vecellio. *Paris, F. Didot*, 1859, 2 vol. in-8, demi-rel. mar. r. tête dor. n. rog.

97. Galerie française, ou collection de portraits des hommes et des femmes qui ont illustré la France

dans les XVIe, XVIIe et XVIIIe siècles, avec des notices et des fac-simile, par une société d'hommes de lettres et d'artistes. *Paris*, *impr. de F. Didot*, 1821-23, 3 vol. in-4, demi-rel. mar. bl. n. rog.

Avec tous les fac-simile d'écriture.

98. Œuvres choisies de Gavarni. *Paris*, *J. Hetzel*, *s. d.*, 4 vol. gr. in-8, demi-rel. mar. v. n. rog.

99. La Fontaine. Figures pour les fables, gravées d'après Bergeret. 12 pièces gr. in-8.

Exemplaire sur chine.

100. La Fontaine. Contes. Édition des Fermiers généraux, 91 planches, y compris les planches qui n'ont pas été admises,

Épreuves remontées grand in-8.

101. La Fontaine. — Contes, figures de Duplessis-Bertaux, 28 pièces in-16, montées in-8.

102. La Fontaine. — Figures pour Psyché, par Moreau, 8 pièces in-12.

LINGUISTIQUE.

103. Le Dictionnaire de l'Académie françoise. *Paris*, *J.-B. Coignard*, 1694, 2 vol. in-fol. v. gr.

Édition originale.

104. Recueil des factums d'Antoine Furetière, avec une introduction et des notes, par Ch. Asselineau. *Paris*, *Poulet-Malassis*, 1859, 2 vol. in-12, demi-rel. mar. n. rog.

105. Remarques morales, philosophiques et grammaticales sur le Dictionnaire de l'Académie française (par M. Feydel). *Paris*, *Ant.-Aug. Renouard*, 1807, in-8, demi-rel. mar. v. n. rog.

106. Langue maternelle, par J. Jacotot. *Paris*, *Mansut fils*, 1836, in-8, demi-rel. mar. n. rog.

107. Les Excentricités du langage français, par Lorédan Larchey. *Paris*, 1861, in-18, eau-forte, demi-rel. mar. bl. n. rog.

108. Les Joueurs de mots, compilation faite par Lorédan Larchey pour servir à l'histoire de l'esprit français. *Paris*, 1867, in-18, demi-rel. mar. bl. n. rogné.

109. Nisard (Ch.). Curiosités de l'étymologie française. — Des Chansons populaires chez les anciens et chez les Français. *Paris*, 1863-67, 3 vol. in-12, fig. demi-rel. mar. v. n. rog.

110. Lycée, ou Cours de littérature ancienne et moderne, par J.-F. la Harpe. *Paris, Didot*, 1821-22, 16 vol. in-8, demi-rel. v. n. rog.

111. Livre des Orateurs, par Timon. *Paris, Pagnerre*, 1842, gr. in-8, portr. demi-rel. mar. n.

POÉSIE.

112. Les Poëtes grecs de M. le Fèvre. *Saumur, Dan. de Lerpinière*, 1664, pet. in-8, v. br. dent.

113. L'Iliade d'Homère, traduction nouvelle par Leconte de Lisle. *Paris, A. Lemerre*, 1867, 2 vol. in-8, demi-rel. dos et coins de mar. r. tête dor. n. rog.

114. L'Odyssée d'Homère, traduction nouvelle par Leconte de Lisle. *Paris, Alph. Lemerre*, 1868, in-8. demi-rel. dos et coins de mar. r. tête dor. n. rog.

115. Les Géorgiques de Virgile, traduites en vers françois par M. de Segrais. *Paris, J. le Febvre*, 1711, in-8, v. gr.

116. Le Roman de Robert le Diable, en vers du XIIIe siècle, publié par G.-S. Trébutien. *Paris, Silvestre*, 1837, in-4, goth. br.

117. Vaux-de-Vire d'Olivier Basselin, poëte normand de la fin du XVIe siècle, publiés par M. L. du

Bois. *Caen, F. Poisson*, 1821, in-8, demi-rel. mar. v. n. rog.

118. OEuvres complètes de François Villon, nouvelle édition revue, par P. L. (Lacroix) Jacob, bibliophile. *Paris, P. Jannet*, 1854, in-16, cart. n. rog.

De la Bibliothèque elzévirienne.

119. Les Odes de P. de Ronsard, commentées par N. Richelet. *Paris, N. Buon*, 1617, in-12, vél. tr. dor.

Tome II des œuvres, très-grand de marges.

120. Les OEuvres de Clément Marot, de Cahors. *Paris, Jehan Ruelle*, 1547, 2 vol. pet. in-12, v. marbr.

121. Les OEuvres de M. François de Malherbe. *Paris, Ant. de Sommaville*, 1642, pet. in-12, réglé, v. br. fil.

122. Les Poésies de Malherbe avec les observations de Ménage. *Paris, Cl. Barbin*, 1689, in-12, veau marbré.

123. Poésies de Malherbe. *Paris, impr. de P. Didot*, 1815, in-8, cart. n. rog.

124. OEuvres de Regnier, édition de Lacour. *Paris, D. Jouaust*, 1867, in-8, pap. vergé. br.

125. OEuvres complètes de Théophile, nouvelle édition, revue et annotée par M. Alleaume. *Paris, P. Jannet*, 1856, 2 vol. in-8, cart. n. rog.

De la bibliothèque elzévirienne.

126. Satires de Delorens, édition de 1646 contenant 26 satires, publiée par D. Jouaust, et précédée d'une notice littéraire par E. Villemin. *Paris, D. Jouaust*, 1869, pet. in-8, pap. vergé, br.

127. Les Tragiques, par Théodore-Agrippa d'Aubigné, nouvelle édition, revue et annotée par Ludovic Lalanne. *Paris, P. Jannet*, 1857, in-16, cart. n. rog.

De la bibliothèque elzévirienne.

128. OEuvres chrestiennes de M. Arnauld d'Andilly. *Paris*, *Pierre le Petit*, 1659, in-12, v. gr.

129. Poëme contenant la tradition de l'Eglise sur le très-saint Sacrement de l'Eucharistie, par M. le Maistre de Sacy. *Paris*, *Guil. Desprez*, 1695, in-12, v. gr.

Édition originale.

130. OEuvres de Chapelle et de Bachaumont, nouvelle édition revue et corrigée par M. Tenant de Latour. *Paris*, *P. Jannet*, 1854, in-16, cart. non rogné.

De la Bibliothèque elzévirienne.

131. OEuvres diverses du sieur D*** (Despréaux), avec le Traité du sublime et du merveilleux dans le discours, traduit du grec de Longin. *Paris, Denys Thierry*, 1674, in-4, fig. v. gr.

132. OEuvres diverses du sieur D*** (Despréaux), avec le Traité du sublime ou du merveilleux dans le discours, traduit du grec de Longin. *Paris, D. Thierry*, 1685, in-12, front. gravé, v. gr.

133. OEuvres de N. Boileau-Despréaux, nouvelle édition, reveue et augmentée. *Paris*, *Esprit Billiot*, 1713, 2 part. en 1 vol. in-4, fig. v. gr.

134. OEuvres complètes de Boileau-Despréaux, avec des préliminaires et un commentaire revus et augmentés par M. Daunou. *Paris*, *P. Dupont*, 1825-26, 4 vol. in-8, demi-rel. mar. br. n. rog.

135. OEuvres complètes de la Fontaine, avec les notes des commentateurs et des notices historiques en tête de chaque ouvrage. *Paris, P. Dupont*, 1826, 6 vol. in-8, portr. demi-rel. mar. viol. n. rog.

136. Contes et Nouvelles en vers, par Jean de la Fontaine. *Paris, Leclère*, 1861, 2 vol. in-8. pap. vél. fig. br.

Tiré à 100 exemplaires.

137. Recueil des poésies chrestiennes et diverses, par M. de la Fontaine. *Paris*, *Pierre le Petit*, 1671, 3 vol. in-12, v. gr.

138. La Fontaine et les fabulistes, par M. Saint-Marc Girardin. *Paris, M. Lévy*, 1867, 2 vol. in-8, demi-rel. mar. br. n. rog.

139. Les Fabuleuses Bêtes du bonhomme, par G. Franceschi. *Paris*, *Jouaust*, 1869, in-8, pap. vergé, demi-rel. mar. bl. n. rog.

140. Œuvres de J.-B. Rousseau. *Paris*, *Lefèvre*, 1820, 5 vol. in-8, portr. demi-rel. mar. r. n. rog.

141. Poésies de M. de Chevreau, précepteur du duc du Maine. *La Haye*, *H. Scheurleer*, 1716, in-12, v. gr.

142. Le Conseil de Momus ou la revue de son régiment, poëme calotin (par Bosc du Bouchet). *S. l. n. d.* (*Paris*, 1731). in-8, fig. v. éc.

143. La Religion, poëme de L. Racine, avec appendice, par M. Fontanier. *Paris, Bossange*, 1825, in-8, demi-rel. v. r. n. rog.

144. Œuvres choisies de Parny. *Paris, Lefèvre*, 1827, in-8, pap. vél. portr. demi-rel. v. ant. n. rogné.

145. Œuvres choisies de Colardeau, nouvelle édition. *Paris*, *Janet et Cotelle*, 1825, in-8, pap. vél. fig. demi-rel. mar. bl. n. rog.

146. Œuvres de Gresset. *Paris*, *Ant.-Aug. Renouard*, 1811, 2 vol. in-8, portr. et fig. de Moreau, v. viol. compart. tr. dor.

147. Éloge de Gresset, par Robespierre, publié par D. Jouaust. *Paris*, 1868, in-8, pap. vergé, br.

148. Œuvres de Chaulieu. *La Haye et Paris, Cl. Bleuet*, 1774, 2 vol. in-8, v. éc. fil.

149. Recueil des meilleurs contes en vers (par Sautreau de Marsy). *Genève et Paris, Delalain*, 1774, 2 vol. in-8, fig. de Marillier, demi-rel. v. f.

150. Le Fond du sac, ou recueil de contes en vers et en prose et de pièces fugitives. *Paris*, *Leclère*, 1866, in-8, pap. de Hollande, fig. demi-rel. mar. bl. n. rog.

151. OEuvres complètes de Gilbert. *Paris*, *Dalibon*, 1823, in-8, portr. et fig. de Desenne, demi-rel. v. r. n. rog.

152. Poésies de Saint-Lambert. *Paris*, *de Bure*, 1826, in-32, v. r. fil. tr. dor.

153. Les Saisons, poëme, par Saint-Lambert. *Paris*, *Janet et Cotelle*, 1823, in-8, fig. demi-rel. mar. r. n. rog.

154. OEuvres complètes de Vadé. *Londres* (*Cazin*), 1785, 5 vol. in-18, portr. bas.

155. Poésies de André Chénier, édition critique avec notes et variantes, par L. Becq de Fouquières. *Paris*, *Charpentier*, 1862, in-8, portr. demi-rel. dos de mar. br. tête dor. n. rog. (*David*.)

156. Examen critique du poëme de la Pitié, par J. Delille, précédé d'une notice sur les faits et gestes de l'auteur et de son Antigone. *Paris*, *Dabin*, *an XI* (1803), in-8, fig. col. ajoutée, demi-rel. v. ant. n. rog.

157. Les Jardins, ou l'Art d'embellir les paysages, par Delille. *Paris*, *Chapsal*, 1844, gr. in-8, fig. demi-rel. mar. viol. n. rog.

158. OEuvres choisies de Lebrun, précédées d'une notice sur sa vie et ses ouvrages, par M. D***. *Paris*, *Janet et Cotelle*, 1829, in-8, pap. vél. portr. demi-rel. mar. v. n. rog.

159. Le Mérite des femmes et autres poésies, par Legouvé. *Paris*, *L. Janet*, *s. d.*, in-12, fig. de Desenne, cuir de Russie, compart. tr. dor.

160. OEuvres complètes de P.-J. de Béranger, illustrées par Grandville. *Paris*, *H. Fournier*, 1840, in-8, demi-rel. mar. v.

161. Dernières Chansons de P.-J. de Béranger, de 1834 à 1851. *Paris*, *Perrotin*, 1857, in-8, demi-rel. mar. v.

162. Béranger et son temps, par Jules Janin. *Paris*, *R. Pincebourde*, 1866, 2 vol. in-16, pap. vergé, portr. à l'eau-forte de Staal, demi-rel. mar. r. n. rog.

163. Lamartine, 1790-1869, par Jules Janin. *Paris*, *Jouaust*, 1869, in-18, portr. à l'eau-forte par Martial, demi-rel. mar. r. n. rog.

164. La Chasse au tir, poëme en cinq chants (par Balzac). *Paris*, *V. Thiercelin*, 1827, in-8, fig. br.

Rare.

165. La Chassomanie, poëme par Deyeux, dessins de MM. Alf. de Dreux, Beaume, Forest, etc. *Paris*, 1844, in-8, demi-rel. dos et coins de mar. r.

166. Erreurs poétiques de Georges Ozaneaux. *Paris*, *Amyot*, 1849, 3 vol. in-8, demi-rel. mar. bl. n. rog.

167. Christ et Peuple, par M. A. Siguier. *Paris*, *A. Dupont*, 1835. — Anges et Diables, poésies, par Ausone de Chancel. *Paris*, *Ladvocat*, 1835, in-12, demi-rel. mar. n.

168. Poésies d'Antoinette Quarré, de Dijon. *Paris*, *Ledoyen*, 1843, in-8, demi-rel. mar. bl. n. rog.

169. Les Poëmes de la mer, par J. Autran. *Paris*, *M. Lévy*, 1852, in-8, demi-rel. mar. viol. n. rog.

170. Autran (J.). Laboureurs et Soldats. — La Vie rurale.—Milianah, épisode des guerres d'Afrique. — Epîtres rustiques. *Paris*, *M. Lévy*, 1854-61, 4 vol. in-12, demi-rel. mar. br. n. rog.

171. Laprade (V. de). Les Symphonies. — Psyché, poëme. *Paris*, *M. Lévy*, 1855-57, 2 vol. in-12, demi-rel. mar. viol. n. rog.

172. Les Olympiades, album de l'union des poètes. *Paris, Ch. Vanier*, 1856, 2 vol. in-8, demi-rel. mar. v.

173. Les Fleurs du mal, par Ch. Baudelaire. *Paris, Poulet-Malassis*, 1857, in-12, demi-rel. mar. citr.

Première édition.

174. Moreau (Hégésippe). Le Myosotis.—Œuvres inédites. *Paris*, 1857-67, 2 vol. in-18, eau-forte par Staal, demi-rel. mar. bl. n. rog.

175. Poésies complètes de Mme Emile de Girardin.— Petits poëmes, par Edouard Grenier. — Amicis, par le même. *Paris*, 1857-59, 3 vol. in-12, demi-rel. mar. n. rog.

176. Odes funambulesques, avec un frontispice gravé à l'eau-forte par Bracquemond. *Alençon, Poulet-Malassis*, 1857, in-12, demi-rel. dos et coins de mar. citr. n. rog.

177. Poëmes antiques et modernes, par le comte Alf. de Vigny. *Paris, Librairie nouvelle*, 1859, in-8, demi-rel. mar. br. n. rog.

178. Enfantines, poésies à ma fille, par Mme Anaïs Ségalas. — Les Premières Rimes, par Antonin Poulet. — Poésies de Jean Reboul. — Mosaïque littéraire, par Maigrot. — Poésies de Magu. 5 vol. in-12, demi-rel. mar.

179. Caritas, poésies par Mlle Er. Drouet.—Encore. —Les Poëmes de la nuit, par A. Millien.—Sonnets et poëmes, par Ed. Arnould.—Drames et poëmes, par Julien Daillière. 5 vol. in-12, demi-rel. mar. n. rog.

180. Bignan (A.). Poëmes évangéliques. — Choix de poésies posthumes et autres. — Académiques. 3 vol. in-12, demi-rel. mar. n. rog.

181. Banville (Th. de). Les Exilés. — Les Camées parisiens. 2 vol. in-12, demi-rel. mar. n. rog.

182. Marie, la Fleur d'or, Primel et Nola, par A. Brizeux. — Les Chansons d'autrefois, par Ch. Malo. — Contes en vers, par le P. Grisbourdon. — Ce que disent les fleurs, sonnets, par Ant. Spinelli. 4 vol. in-12, demi-rel. mar. n. rog.

183. Les Neustriennes, par Alph. Le Flaguais. — Feuilles des bois, poésies, par le comte de Fleury. — Poésies d'un Proscrit, par Raymond du Doré. 3 vol. in-12, demi-rel. mar. n. rog.

184. Soirs d'octobre, par P. Juillerat. *Paris*, 1861. — Poésies de Rose Harel. *Paris*, 1864. — Chants du soir, poésies, par J. Pautet. *Paris*, 1857, 3 vol. in-12, demi-rel. mar. n. rog.

185. Coppée (Fr.). Intimités. — Lettre d'un mobile breton. — Poésies, 1864-1869. *Paris*, *A. Lemerre*, 1868-70. 3 vol. in-18, portr. demi-rel. mar. v. n. rog.

186. La Légende des siècles, par V. Hugo. *Paris*, 1862. — Silves, poésies diverses, par Aug. Barbier. *Paris*, 1864. — La Franciade, poëme, par M. Viennet. *Paris*, 1863, 3 vol. in-12, demi-rel. mar. n. rog.

187. Les Destinées, poëmes philosophiques, par le comte Alf. de Vigny. *Paris*, *M. Lévy*, 1864, in-8, portr. demi-rel. mar. br. n. rog.

188. Sonnets - Inspirations de voyage, par Louis Goujon. *Paris*, *Didier*, 1866, pet. in-8, demi-rel. mar. bl. n. rog.

189. Parnaso español. Coleccion de poesias escogidas de los mas celebres poetas castellanos. *Madrid*, *J. Ibarra*, 1768-78, 9 vol. pet. in-8. portr. bas.

190. La Guzla, ou Choix de poésies illyriques, recueillies dans la Dalmatie, la Bosnie, la Croatie et l'Herzégovine (par Mérimée). *Paris*, *F.-G. Levrault*, 1827, in-18, fig. cart. n. rog.

191. Les Nuicts d'Young, suivies des Tombeaux et des Méditations d'Hervey, etc., trad. de Le Tourneur. *Paris, Et. Ledoux*, 1824, 2 vol. in-8, pap. vél. fig. de Devéria sur chine, avec les eaux-fortes, demi-rel. mar. citr. n. rog. (*Thouvenin.*)

THÉATRE.

192. Répertoire du Théâtre français, ou Recueil des tragédies et comédies restées au théâtre depuis Rotrou, avec des notes par M. Petitot. *Paris, impr. de F. Didot*, 1803-1804, 23 vol. in-8, pap. vél. demi-rel. n. rog.

193. OEuvres de Racine. *Paris, Compagnie des Libraires*, 1702, 2 vol. in-12, fig. v. gr.

194. OEuvres de J. Racine. *Paris, impr. de P. Didot*, 1813, 5 vol. in-8, cart. n. rog.

195. OEuvres de J.-B. P. de Molière. *Paris, impr. de P. Didot*, 1817, 7 vol. in-8, demi-rel. v. ant. n. rog.

196. Œuvres de Molière, avec un commentaire par M. Auger. *Paris, Th. Desoer*, 1819-25, 9 vol. in-8, portr. et fig. br.

197. OEuvres de J.-F. Regnard. *Paris, impr. de P. Didot*, 1819, 4 vol. in-8, pap. vél. demi-rel. mar. v. n. rog.

198. La Comédie de J. de la Bruyère, par Ed. Fournier. *Paris, Dentu*, 1866, 2 vol. in-18, demi-rel. mar v. n. rog.

199. OEuvres de Crébillon. *Paris, impr. de P. Didot*, 1818, 2 vol. in-8, pap. vél. demi-rel. mar. r. n. rog.

200. Œuvres de J.-F. Ducis. *Bruxelles, A. Lacrosse*, 1822, 3 vol. in-8, portr. et fig. de Desenne, cart. n. rog.

201. OEuvres complètes de Beaumarchais. *Paris, Et. Ledoux*, 1821, 2 vol. in-8, portr. v. rac. dent.

202. OEuvres de Collin d'Harleville, contenant son théatre et ses poésies fugitives. *Paris, Delongchamps*, 1828, 4 vol. in-8, portr. demi-rel. bas. n. rog.

203. OEuvres de Fr.-G.-J.-S. Andrieux. *Paris, Nepveu*, 1818-23, 4 vol. in-8, fig. de Desenne avant la lettre, demi-rel. mar. viol.

204. OEuvres complètes de Casimir Delavigne. *Paris, Didier*, 1855, 6 vol. in-8, pap. vél. portr. et fig. demi-rel. mar. viol. n. rog.

205. Théâtre complet du comte Alf. de Vigny. *Paris, Librairie nouvelle*, 1858, in-8, demi-rel. mar. br. n. rog.

206. Comédies en vers, par Camille Doucet. *Paris, M. Lévy*, 1858, 2 vol. in-8, pap. vél. demi-rel. mar. viol. n. rog.

207. Gaëtana, drame en cinq actes en prose, avec une préface inédite, par Edmond About. *Paris, M. Lévy*, 1862, in-8, demi-rel. mar. r.

208. Job, drame en cinq actes avec prologue et épilogue, par le prophète Isaïe, retrouvé, rétabli dans son intégrité et traduit sur le texte hébreu par Pierre Leroux. *Paris, Dentu*, 1866, gr. in-8, demi-rel. mar. v. n. rog.

209. Les Idées de Mme Aubray, comédie en prose par A. Dumas fils. *Paris, M. Lévy*, 1867, in-8, demi-rel. mar. br. n. rog.

210. Théâtre complet de Al. Dumas fils. *Paris, M. Lévy*, 1868-70, 4 vol. in-12, demi-rel. mar. n. rog.

ROMANS.

211. Apulée. L'Ane d'or ou la Métamorphose, trad. de Savalète, préface de J. Andrieux, gravures par A. Racinet et P. Bénard. *Paris, A.-F. Didot*, 1872, in-8, br.

212. Eloge de la Folie, d'Érasme, traduit par V. Develay et accompagné des dessins de Hans Holbein. *Paris, D. Jouaust*, 1872, in-8, pap. de Holl. à la forme, br.

213. Les Cent Nouvelles nouvelles ; suivent les cent nouvelles (par Louis XI). *Cologne, P. Gaillard*, 1786, 4 vol. in-12, fig. de Romain de Hooge, v. marbr. fil. tr. dor.

214. OEuvres de Rabelais, édition variorum augmentée des pièces inédites, des songes drolatiques de Pantagruel, etc. *Paris, Dalibon*, 1823, 9 vol. in-8, pap. vél. fig. demi-rel. dos et coins de mar. viol. tête dor. n. rog.

215. OEuvres de Rabelais, augmentées et accompagnées de notes, par L. Barré. *Paris, Garnier, s. d.*, in-12, demi-rel. mar. v.

216. OEuvres complètes de Tabarin, revues par G. Aventin. *Paris, P. Jannet*, 1858, 2 vol. in-16, cart. n. rog.

De la Bibliothèque elzévirienne.

217. Le Cymbalum Mundi, précédé des Nouvelles Récréations et joyeux devis de Bonaventure Des Periers, nouvelle édition revue et corrigée par P. L. Jacob. *Paris, A. Delahays*, 1858, in-12, pap. vél. fig. demi-rel. dos et coins de mar. r. tête dor. n. rog.

218. Histoire comique des États et empires de la Lune et du Soleil, par Cyrano de Bergerac, nouvelle édition revue avec des notes par P. L. Jacob (P. Lacroix). *Paris, A. Delahays*, 1858, in-16, cart. n. rog.

219. OEuvres comiques, galantes et littéraires de Cyrano de Bergerac, nouvelle édition revue et publiée avec des notes, par P. L. Jacob (P. Lacroix). *Paris, A. Delahays*, 1858, in-16, cart. n. rog.

220. Les Aventures de Télémaque, fils d'Ulysse, par M. de Fénelon. *Paris, imp. de Monsieur*, 1790, 2 vol. gr. in-8, pap. vél. fig. de Cochin et Moreau, demi-rel. dos et coins de mar. r. n. rog.

221. Les Aventures du baron de Fœneste (par Th. A. d'Aubigné). *Au Dezert*, 1630, in-8, vél.

222. OEuvres de Mme de la Fayette. *Paris, Garnier, s. d.*, gr. in-8, fig. sur acier d'après Staal, demi-rel. mar. bl. n. rog.

223. Le Roman bourgeois par Ant. Furetière. *Amsterdam, David Mortier*, 1714, 2 tom. en 1 vol. in-12, fig. v. br.

224. Le Roman comique, par Scarron, nouvelle édition, revue, annotée et précédée d'une introduction par M. Victor Fournel. *Paris, P. Jannet*, 1857, 2 vol. in-16, cart. n. rog.

De la Bibliothèque elzévirienne.

225. OEuvres de Mesdames de Fontaines et de Tencin. *Paris, Garnier, s. d.*, gr. in-8, fig. sur acier d'après G. Staal, demi-rel. mar. bl. n. rog.

226. OEuvres de Mme Riccoboni. *Paris, Garnier*, 1865, gr. in-8, fig. sur acier d'après Staal, demi-rel. mar. bl. n. rog.

227. OEuvres de Mme de Souza. *Paris, Garnier*, 1865, gr. in-8, fig. sur acier d'après G. Staal, demi-rel. mar. bl. n. rog.

228. OEuvres de Mme Élie de Beaumont, Mme de Genlis, de Fiévée et de Mme de Duras. *Paris, Garnier*, 1865, gr. in-8, fig. sur acier d'après G. Staal, demi-rel. mar. bl. n. rog.

229. OEuvres de le Sage. *Paris, Ant.-Aug. Renouard*, 1821, 12 vol. in-8, portr. cart. n. rog.

230. Histoire du chevalier des Grieux et de Manon Lescaut, par l'abbé Prévost. *Paris, D. Jouaust*, 1867, in-8, pap. vergé br.

231. La Vie de Marianne, suivie du Paysan parvenu, par Marivaux. *Paris, Garnier, s. d.*, 2 vol. gr. in-8, fig. sur acier d'après G. Staal, demi-rel. mar. bl. n. rog.

232. L'An deux mille quatre cent quarante, rêve s'il en fut jamais (par Mercier), suivi de l'Homme de fer, songe, nouvelle édition. *S. d. (Paris)*, 1786, 3 vol. in-8, fig. bas.

233. Mon Bonnet de nuit, par M. Mercier. *Neuchâtel*, 1784-86, 4 vol. in-8, bas.

234. Les Veillées du château, par Mme de Genlis. *Paris, Morizot*, 1847, gr. in-8, fig. v. f. compart. tête dor. n. rog.

235. Corinne, ou l'Italie, par Mme de Staël. *Paris, Garnier*, 1865, in-8, fig. sur acier d'après G. Staal, demi-rel. mar. br. n. rog.

236. Les Martyrs, par M. le vicomte de Chateaubriand. *Paris, P.-H. Krabbe*, 1856, gr. in-8, fig. demi-rel. mar. n. tr. dor.

237. Le Maudit, par l'abbé ***. *Paris, A. Lacroix*, 1864, 3 vol. in-8, demi-rel. mar. v. n. rog.

238. La Religieuse, par l'abbé ***. *Paris, A. Lacroix*, 1864, 2 vol. in-8, demi-rel. mar. v. n. rog.

239. Le Moine, par l'abbé ***. *Paris, A. Lacroix*, 1865, in-8, demi-rel. mar. v. n. rog.

240. Le Jésuite, par l'abbé***. *Paris, A. Lacroix*, 1865, 2 vol. in-8, demi-rel. mar. v. n. rog.

241. Le Confesseur, par l'abbé***. *Paris, A. Lacroix*, 1866, 2 vol. in-8, demi-rel. mar. v. n. rog.

242. Les Odeurs ultramontaines, par l'abbé***. *Paris, A. Lacroix*, 1867, in-8, demi-rel. mar. v. n. rog.

243. Le Curé de campagne, par l'abbé***. *Paris, A. Lacroix*, 1867, 2 vol. in-8, demi-rel. mar. v. n. rog.

244. About (E.). Alsace, 1871-72. — La Grèce contemporaine. — Les Mariages de Paris. *Paris, Hachette*, 1857-73, 3 vol. in-12, demi-rel. mar.

245. About (E.). Maître Pierre. — Germaine. — Tolla. — Trente et quarante. *Paris, L. Hachette*, 1858-59, 4 vol. in-12, demi-rel. mar.

246. La Vieille Roche. Les Vacances de la comtesse, par E. About. *Paris, L. Hachette*, 1865, in-8, demi-rel. mar. br. n. rog.

247. La Vieille Roche. — Le Mari imprévu, par Edmond About. *Paris, L. Hachette*, 1865, in-8, demi-rel. mar. br. n. rog.

248. La Vieille Roche. — Le Marquis de Lanrose, par E. About. *Paris, L. Hachette*, 1866, in-8, demi-rel. mar. br. n. rog.

249. L'Infâme, par E. About. *Paris, L. Hachette*, 1867, in-8, demi-rel. mar. br. n. rog.

250. Les Mariages de province, par Ed. About. *Paris, L. Hachette*, 1868, in-8, demi-rel. mar. br. n. rog.

251. Achard (A.). Les Fourches caudines. — Nelly. — Maurice de Treuil. — La famille Guillemot. — Belle-Rose, 5 vol. in-12, demi-rel. mar.

252. Petites Misères de la vie conjugale, par H. de Balzac, illustrées par Bertall. *Paris, Chlendowski, s. d.*, grand in-8, demi-rel. dos et coins de mar. br. tête dor. n. rog. (*Petit.*)

253. La Mascarade humaine, satires de mœurs du XIXe siècle, par Barillot. *Paris, E. Dentu*, 1863, in-12, demi-rel. mar. r. n. rog.

254. Les Salons d'autrefois, souvenirs intimes, par Mme la comtesse de Bassanville. *Paris, P. Brunet, s. d.*, 4 vol. in-12, demi-rel. mar. v. n. rog.

255. Bernard (Ch. de). Le Gentilhomme campagnard. — Le Portrait de la marquise. — Gerfaut. *Paris, M. Lévy*, 1862, 4 vol. in-12, demi-reliure, mar.

256. Champavert, contes immoraux, par Pétrus Borel le Lycanthrope, eaux-fortes par M. Adrien Aubry. *Bruxelles, J. Blanche*, 1872, in-8, papier de Holl. br.

257. Jane Eyre, ou les Mémoires d'une institutrice, par Currer Bell. — Les Roués sans le savoir, par L. Ulbach. — Monsieur et Madame Fernel, par le même. — Mosaïque littéraire, par M. Maigrot. — L'Oiseau du bon Dieu, par lady Fullerton; 5 vol. in-12, demi-rel. mar.

258. Les Contes rémois, par M. le comte Louis de Chevigné, dessins de E. Meissonnier ; cinquième édition. *Paris, M. Lévy*, 1861, in-8, demi-rel. mar. v. tête dor. n. rog.

259. Récit d'une sœur, souvenirs de famille recueillis par Mme Aug. Craven, née la Ferronnays. *Paris, Didier*, 1866, 2 vol. in-8, demi-reliure, mar. br. n. rog.

260. Droz (G.). Babolain. — Un Paquet de lettres. — Le Cahier bleu de Mlle Cibot. *Paris, Hetzel*, 1868-72, 3 vol. in-12, demi-rel. mar. n. rog.

261. Dumas (Alex.). Les deux Diane, 3 vol. — Diane de Lys. — Antonine. — Une Vie d'artiste. *Paris, M. Lévy*, 1856-61, 6 vol. in-18, demi-rel. mar.

262. Alexandre Dumas. — Mars 1871, par Jules Janin. *Paris, Jouaust*, 1871, in-18, portr. à l'eau-forte par Flameng, demi-rel. mar. r. n. rog.

263. Énault (L.). Alba. — Hermine. — Stella. — Nadèje. — Christine. *Paris*, *Hachette*, 1859-63, 5 vol. in-12, demi-rel.

264. Féval (P.). La Fabrique de mariages. — Le Bossu, ou le Petit Parisien, 4 vol. in-12, demi-rel. mar.

265. Feydeau (Ern.). La Comtesse de Chalis, ou les Mœurs du jour. — Catherine d'Overmière. *Paris*, 1860-68, 3 vol. in-12, demi-rel. mar. r. n. rog.

266. Flammarion (C.). La Pluralité des mondes habités. — Les Mondes imaginaires et les mondes réels. — Les Derniers Jours d'un philosophe. *Paris*, *Didier*, 1865-69, 3 vol. in-12, fig. demi-rel. mar. viol. n. rog.

267. Gastineau (Benj.). Jules César. — L'Impératrice du bas-empire. — Les Courtisans de l'Eglise. — Monsieur et madame Satan, 4 vol. in-12, demi-rel. mar. n. rog.

268. Gautier (Th.). Spirite, nouvelle fantastique. — Romans et Contes. — Voyages en Russie, 2 vol. — Tableau de siége, Paris, 1870-71. *Paris*, *Charpentier*, 1866-71, 5 vol. in-12, demi-rel. mar. viol. n. rog.

269. Girardin (Mme E. de). Le Vicomte de Launay. — Nouvelles. — Monsieur le marquis de Fontanges. — Marguerite, ou Deux Amours. *Paris*, *Michel Lévy*, 1856-57, 6 vol. in-12, demi-rel. mar.

270. Fables et fabliaux, par F. Grille. *Paris*, *Chamerot*, 1852, 2 vol. in-12, demi-reliure, mar. br. n. rog.

271. Contes fantastiques d'Hoffmann. — Catherine, par J. Sandeau. — Un Héritage, par le même. *Paris*, 1858-62, 3 vol. in-12, demi-rel. mar.

272. Mademoiselle Cléopâtre, histoire parisienne, par Arsène Houssaye. *Paris*, *M. Lévy*, 1864, in-8, demi-rel. mar. r.

273. Houssaye (Arsène). Les Femmes comme elles sont. — Mademoiselle Mariani. — Le Violon de Franjolé; 3 vol. in-12, demi-rel. mar.

274. Notre-Dame de Paris, par Victor Hugo. *Paris, Eug. Renduel*, 1836, 3 vol. in-8, fig. de T. Johannot, Raffet, etc., demi-rel. v. ant.

275. Les Misérables, par V. Hugo. *Paris, Pagnerre*, 1862, 10 vol. in-8, demi-rel. mar. br.

276. Les Travailleurs de la mer, par V. Hugo. *Paris, A. Lacroix*, 1866, 3 vol. in-8, demi-rel. mar. v. n. rog.

277. Les Petits Bonheurs, par M. Jules Janin, illustrations de Gavarni. *Paris, Morizot, s. d.*, grand in-8, demi-rel. mar. viol. n. rog.

278. Les Symphonies de l'hiver, par M. Jules Janin, illustrations de Gavarni. *Paris, Morizot*, 1858, gr. in-8, demi-rel. mar. viol. n. rog.

279. Janin (J.). La Fin d'un monde et du neveu de Rameau. — La Muette. *Paris*, 1861-71, 2 vol. in-18, demi-rel. mar. n. rog.

280. Karr (Alphonse). Encore les femmes. — Sous les tilleuls. — Roses noires et roses bleues. — La Maison close. *Paris, M. Lévy*, 1857-70, 4 vol. in-12, demi-rel. mar.

281. Lamartine (A. de). L'Enfance. — La Jeunesse. — Graziella. *Paris, Librairie nouvelle*, 1852, 3 vol. in-18, demi-rel. mar. r. tr. dor. dans un étui.

282. Graziella, par A. de Lamartine, avec les dessins d'Alfred de Curzon. *Paris, L. Hachette*, 1863, in-4, cart. toile. n. rog.

283. Fior d'Aliza, par Lamartine. *Paris*, 1866, in-8, br.

41e volume de ses œuvres.

284. Paroles d'un croyant, par F. Lamennais. — La Nouvelle Babylone, par Eug. Pelletan. — La Fin

du monde, par E. Baudry, 3 vol. in-12, demi-rel. mar. n. rog.

285. Eux et Elles, histoire d'un scandale, par M. de Lescure. — Elle et Lui, par G. Sand. — Lui et Elle, par P. de Musset. 3 vol. in-12, demi-rel. mar.

286. Les Confessions de l'abbesse de Chelles, fille du régent, par M. de Lescure. — Physiologie du mariage, par Balzac. — Un Mariage en province, par Mme L. d'Aunet, — Histoire morale des femmes, par Ern. Legouvé. 4 vol. in-12, demi-rel. mar.

287. Marmier (X.). Les Fiancés du Spitzberg. — Gazida. *Paris, L. Hachette*, 1859-60, 2 vol. in-12, demi-rel. mar. bl.

288. Mérimée (Pr.). Nouvelles. — Chronique du règne de Charles IX, suivie de la Double Méprise et de la Guzla. *Paris*, 1860-66, 2 vol. in-12, demi-rel. mar.

289. La Chambre bleue, nouvelle, par P. Mérimée. *Bruxelles*, 1872, in-18, br.

290. Franciscus Columna, nouvelle de Ch. Nodier, précédée d'une notice par J. Janin. *Paris, J. Techener*, 1844, in-18, portr. br.

291. Poe (Edgar). Histoires grotesques et sérieuses. — Histoires extraordinaires. — Eurêka. *Paris, M. Lévy*, 1864, 3 vol. in-12, demi-rel. mar. v. n. rog.

292. Reybaud (Mme Ch.). La Dernière Bohémienne. — Le Cadet de Colobrières. *Paris, Hachette*, 1856, 2 vol. in-18, demi-rel. mar. br.

293. Reybaud (Ch.). Sydonie. — Le Moine de Chaalis. *Paris, Hachette*, 1858-59, 2 vol. in-18, demi-rel. mar.

294. L'Amour, les Femmes et le Mariage, par A. Ricard. — La Vie des gens mariés, par G. de Ville-

thierry. — De l'Excellence et de la supériorité de la femme, trad. d'Agrippa. — La Vie parisienne, par Regain. — Les Baisers maudits, par Henri de Kock. — Jeanne de Valbelle, par C. Blanc, 6 vol. in-12, demi-rel. mar. et cart.

295. Les Français de la décadence. — La Grande Bohême, par H. Rochefort. — Le Devoir, par J. Simon. 3 vol. in-12, demi-rel. mar. n. rog.

296. Les Oiseaux de Clichy, par J. de Saint-Félix. — Les Etudiants de Paris, par P. Avenel. — L'Allumeur de réverbères, par miss Cummins. — Salambô, par G. Flaubert; 4 vol. in-12, demi-rel. mar.

297. Saintine (X.-B.). Une Maîtresse de Louis XIII. — Les Métamorphoses de la femme. — Chrisna. — Picciola. 4 vol. in-12, demi-rel. mar.

298. Sandeau (J.). Madeleine. — Fernand, Vaillance, Richard. — Valcreuse. *Paris*, *Charpentier*, 1859-60, 3 vol. in-12, demi-rel. mar. br.

299. Souvestre (E.). Les Derniers Paysans. — Un Philosophe sous les toits. — Chroniques de la mer. — Au coin du feu. *Paris*, *M. Lévy*, 1856, 4 vol. in-12, demi-rel. mar. et cart.

300. Sand (G.). La Mare au diable. — Valentine. — Le Secrétaire intime. — La Ville noire. *Paris*, *Michel Lévy*, 1857-61, 4 vol. in-12, demi-rel. mar.

301. Sand (G.). La Daniella. — La Dernière Aldini. — Le Marquis de Villemer. *Paris*, *M. Lévy*, 1857-59, 4 vol. in-12, demi-rel. mar.

302. Les Romans champêtres, par G. Sand, illustrés par T. Johannot. *Paris*, *L. Hachette*, 1860, 2 vol. gr. in-8, demi-rel. mar. r.

303. Sand (G.). Les Beaux Messieurs de Bois-Doré. 2 vol. — M. Silvestre. — Jean de la Roche. 4 vol. in-12, demi-rel. mar.

304. Véron (P.). Réalités humaines. — Les Gens de théâtre. — Par-devant M. le maire. — Monsieur et Madame Tout le Monde. 4 vol. in-12, demi-rel. mar. n. rog.

305. Servitude et grandeur militaires, par le comte Alf. de Vigny. *Paris*, *Librairie nouvelle*, 1857, in-8, demi-rel. mar. br. n. rog.

306. Cinq-Mars, ou une Conjuration sous Louis XIII, par le comte Alf. de Vigny. *Paris*, *Librairie nouvelle*, 1861, in-8, demi-rel. mar. br. n. r.

307. Stello, par le comte Alf. de Vigny. *Paris*, *Librairie nouvelle*, 1856, in-8, demi-rel. mar br. n. rogné.

308. Fabiola, ou l'Église des Catacombes, par le cardinal Wiseman, traduit de l'anglais par F. Pascal-Marie. *Paris*, *P. Lethielleux*, 1858, in-8, demi-rel. mar. v.

309. Voyage autour de ma chambre, par Xavier de Maistre. *Paris*, *Jouaust*, 1872, in-18, pap. vergé, demi-rel. mar. v. n. rog.

310. Contes de Boccace (le Décaméron), traduits de l'italien par A. Barbier, illustrés par MM. Tony Johannot, H. Baron, C. Nanteuil, etc. *Paris*, *Barbier*, 1846, in-8, fig. demi-rel. mar. br.

311. Le Valeureux don Quixote de la Manche, traduit de Michel de Cervantes par César Oudin. *Paris*, *J. Fouët*, 1620, in-8, vel.

312. Aventures de Robinson Crusoé, par Daniel de Foë, suivies d'une notice sur Selkirk et les Caraïbes, par M. Ferdinand Denis, illustrations par Gavarni. *Paris*, *Morizot*, *s. d.*, gr. in-8, demi-rel. mar. viol. n. rog.

313. La Vie et les aventures de Robinson Crusoé, par Daniel de Foë, traduction revue et corrigée sur l'édition de Stockdale. *Paris*, *H. Verdière*,

s. d., 3 vol. in-8. fig. de Stothart, demi-rel. mar. r. n. rog.

314. Voyages de Gulliver, par Swift, trad. de l'abbé Desfontaines, revue et corrigée par M. Jules Janin, illustrations de Gavarni. *Paris*, *Morizot*, 1862, gr. in-8, demi-rel. mar. br. n. rog.

315. Voyages de Gulliver dans les contrées lointaines, par Swift; nouvelle édition, corrigée par l'abbé Lejeune, illustrée par Bouchot. *Paris*, *Lehuby*, *s. d.*, in-8, fig. demi-rel. mar. bl. pl. toile, tr. dor.

316. Le Vicaire de Wakefield, par Goldsmith, trad. de Ch. Nodier, illustrée par T. Johannot. *Paris*, *Hetzel*, *s. d.*, in-8, demi-rel. mar. pl. toile, tr. dorée.

317. Tom Jones, ou Histoire d'un enfant trouvé, par Fielding. *Paris*, *F. Didot*, 1833, 4 vol. in-8, fig. de Moreau, cart. n. rog.

318. Voyage sentimental (par Sterne), trad. nouvelle, précédée d'un essai sur la vie et les ouvrages de Sterne par M. J. Janin, illustrée par MM. Tony Johannot et Jacques. *Paris*, *Ern. Bourdin*, *s. d.*, gr. in-8, demi-rel. dos et coins de mar. r. tête dor. n. rog. (*Niedrée.*)

319. OEuvres de Walter Scott, traduction Defauconpret. *Paris*, *Furne*, 1856, 25 vol. in-8, chagr. brun.

ÉPISTOLAIRES. — POLYGRAPHES.

320. Les Épistres de Sénèque, traduites par M. Fr. de Malherbe. *Paris*, *Ant. de Sommaville*, 1639, pet. in-12, portr. v. f. fil.

321. Abailard et Héloïse, essai historique par M. et Mme Guizot, suivi des lettres d'Abailard et d'Héloïse, traduites par M. Oddoul. *Paris*, *Didier*, 1853, gr. in-8, demi-rel. mar. br. n. rog.

322. Lettres familières de M. de Balzac à M. Chapelain. *Paris, Aug. Courbé*, 1659, pet. in-12, v. f.

323. Lettres de feu M. de Balzac à M. Conrart. *Paris, Aug. Courbé*, 1659, pet. in-12, v. marbr. fil.

324. Lettres de madame de S*** (Sévigné) à monsieur de Pomponne. *La Haye, Pierre Gosse*, 1757, pet. in-8, br.

Édition originale de ces lettres. Exemplaire non rogné.

325. Lettres inédites de Voltaire, recueillies par M. de Cayrol, précédées d'une préface de M. Saint-Marc Girardin. *Paris, Didier,* 1856, 2 vol. in-8, demi-rel. dos et coins de mar. viol.

326. Lettres philosophiques de M. de V... (Voltaire). *Amsterdam, E. Lucas*, 1734, in-12, v. gr. fil. (*Aux armes.*)

327. Correspondance de J.-H. Bernardin de Saint-Pierre, précédée d'un supplément aux mémoires de sa vie par L. Aimé-Martin. *Paris, Ladvocat*, 1826, 4 vol. in-8, v. ant. fil.

328. Les Entretiens de M. de Balzac. *Imprimés à Rouen et se vendent à Paris chez Aug. Courbé*, 1660, pet. in-12. v. f.

329. Entretiens et amusements sérieux et comiques, par Rivière-Dufresny, publiés par D. Jouaust. *Paris, D. Jouaust*, 1869, pet. in-8, pap. vergé, br.

330. Jacob (P. L. Lacroix). Recueil de farces, soties et moralités du XVe siècle. — Paris ridicule et burlesque au XVIIe siècle. — Vaux-de-vire d'Olivier Basselin et de Jean le Houx. — Histoire macaronique de Merlin Coccaie. *Paris, A. Delahays*, 1859, 4 vol. in-18, pap. de Holl. br.

331. Encyclopédiana, recueil d'anecdotes anciennes, modernes et contemporaines. *Paris, Paulin*, 1843, gr. in-8 à 2 col. demi-rel. mar. v. tête dor. n. rog.

332\. Miettes littéraires, biographiques et morales, livrées au public avec des explications, par Fr. Grille. *Paris*, *Ledoyen*, 1853, 3 vol. in-12, cart. tête dor. n. rog.

333\. Mémoires secrets de Bachaumont. *Paris, Delahays*, 1859, in-12, demi-rel. mar. n. n. rog. — Gilbert, ou le Poëte malheureux, par M. l'abbé Pinard. *Tours*, *Mame*, 1851, in-18, demi-rel. mar. br.

334\. Les Oubliés et les Dédaignés, figures littéraires de la fin du XVIIIe siècle, par M. Ch. Monselet. *Paris*, *Poulet-Malassis*, 1859, 2 tom. en 1 vol. in-12, demi-rel. mar. bl. n. rog.

335\. Histoire du 41me fauteuil de l'Académie française, par A. Houssaye. *Paris*, *V. Lecou*, 1855, in-8, demi-rel. mar. viol.

336\. Hommes et Dieux, études d'histoire et de littérature, par P. de Saint-Victor. *Paris, M. Lévy*, 1867, in-8, demi-rel. mar. viol. n. rog.

337\. Les Œuvres mêlées de M. le chevalier Temple. *Utrecht*, *Ant. Schouten*, 1694, 2 part. en 1 vol. in-12, vél.

338\. Œuvres mêlées de Saint-Évremont, revues et annotées par Ch. Giraud. *Paris*, *L. Techener*, 1865, 3 vol. in-12, demi-rel. mar. br. n. rog.

339\. Recueil de pièces choisies, tant en prose qu'en vers (publié par de la Monnoie). *La Haye*, *Van-Lom*, 1714, 2 part. en 1 vol. in-8, portr. v. f.

340\. Œuvres diverses de M. de Fontenelle. *La Haye*, *Gosse et Neaulme*, 1728-29, 3 vol. in-4, fig. de B. Picart, demi-rel. dos et coins de mar. gr. tête dor. n. rog. (*Kaufmann.*)

341\. Œuvres de Montesquieu. *Paris*, *impr. de P. Didot*, 1820, 8 vol. in-8, demi-rel. v. f. non rognée.

Lettres persanes, 2 vol. — Œuvres diverses. — La Grandeur des Romains. — L'Esprit des lois, 4 vol.

342. OEuvres inédites de Voltaire, précédées de son testament autographe, du fac-simile de toutes les pièces relatives à sa mort et de l'histoire de son cœur, par J. Janin. *Paris, H. Plon*, 1862, in-8, portr. demi-rel. dos et coins de mar. r.

343. Voltaire à Ferney. Sa correspondance avec la duchesse de Saxe-Gotha, etc., recueillie et publiée par MM. Evariste Bavoux et A. F. *Paris, Didier*, 1865, in-8, demi-rel. dos et coins de mar. r.

344. Mon Séjour auprès de Voltaire, par Come Alex. Collini. *Paris, L. Colas*, 1807, in-8, cart. n. rog.

345. Lettres et poésies inédites de Voltaire, publiées par V. Advielle. *Paris, Jouaust*, 1872, in-12, pap. vergé, br.

346. OEuvres complètes de M. Fréret. *Londres*, 1775, 2 vol. in-8, demi-rel. bas.

347. OEuvres complètes de Marmontel. *Paris, Verdière*, 1818-19, 18 vol. in-8, v. v. dent.

348. OEuvres de Rivarol. — Le Rivarol de 1842. — Lettres de Junius. 3 vol. in-12, mar. n. rog.

349. OEuvres de madame Dufresnoy. *Paris, Moutardier*, 1827, in-8, portr. et fig. de Desenne, mar. br. dent. tr. dor.

350. OEuvres complètes de Condillac. *Paris, impr. de Ch. Houel, an VI*, 1798, 23 vol. in-8, cart. n. rog.

Exemplaire en grand papier vélin.

351. OEuvres de Boullanger. *Amsterdam*, 1794, 6 vol. in-8, bas. rac. fil.

352. OEuvres du comte de Tressan, précédées d'une notice sur sa vie et ses ouvrages, par M. Campenon. *Paris, Nepveu*, 1823, 10 vol. in-8, portr. demi-rel. v. f. n. rog.

Exemplaire en grand papier.

GÉOGRAPHIE. — HISTOIRE. — PARIS.

353. Collection complète des OEuvres de l'abbé de Mably. *Paris, impr. de Ch. Desbrière, an II* (1794 et 1795) 15 vol. in-8, v. rac. fil. tr. dor.

354. OEuvres complètes de C.-F. Volney. *Paris, Bossange*, 1821, 8 vol. in-8, portr. et fig. demi-rel. v. bl. n. rog.

355. OEuvres choisies de Volney. Les Ruines. — La Loi naturelle. — L'Histoire de Samuel. *Paris, Lebigre*, 1842, in-8, portr. demi-rel. mar. r.

356. OEuvres de J. Delille, nouvelle édition. *Paris, Michaud*, 1824, 16 vol. in-8, pap. vél. fig. demi-rel. mar. citr. n. rog.

357. OEuvres complètes de J.-H. Bernardin de Saint-Pierre, mises en ordre par L. Aimé-Martin. *Paris, Méquignon-Marvis*, 1818, 12 vol. in-8, portr. et fig. v. ant. dent.

358. OEuvres complètes du comte Xavier de Maistre. *Paris, Charpentier*, 1853, in-12, portr. demi-rel. mar. v.

359. OEuvres complètes de P.-L. Courier, nouvelle édition augmentée par Arm. Carrel. *Paris, Paulin*, 1834, 4 vol. in-8, portr. demi-rel. v. f. n. rog.

360. OEuvres complètes de Edgar Quinet. *Paris, Pagnerre*, 1857, 11 vol. in-12, demi-rel. mar. r. n. rog.

361. Bibliothèque utile, publiée par Dubuisson. 32 vol. in-18, cart. n. rog.

362. Nouvelle Collection Jannet. *Paris, Picart*, 1867-68, 22 vol. in-18, cart. toile bleue, n. rog.

363. Dictionnaire universel d'histoire et de géographie, par M.-N. Bouillet. *Paris, L. Hachette*, 1863, 1 tome en 2 vol. gr. in-8, demi-rel. mar. v. n. rog.

364. Géographie universelle de Malte-Brun, revue par E. Cortambert. *Paris, Dufour*, 1868-59, 8 vol. gr. in-8, fig. n. et color. et cartes, chagr. n. n. rog.

365. Atlas universel d'histoire et de géographie, par M. N. Bouillet. *Paris, L. Hachette*, 1865, in-8, cart. toile.

366. P. Gyllii de Bosporo Thracio lib. III. *Lugduni Batavorum, apud Elzevirios*, 1632, pet. in-12, br.

Exemplaire non rogné.

367. Le Tour du monde. Nouveau Journal des voyages, publié sour la direction de M. Edouard Charton. *Paris, L. Hachette*, 1856-59, 13 vol. Le Tour du monde. Nouveau Journal des voyages, publié sous la direction de M. Edouard Charton. *Paris, L. Hachette*, 1860-69, 13 vol. in-4, fig. cart. toile.

Années 1860 à 1865, 1869; 1er semestre.

368. Voyage en Orient, par Gérard de Nerval. *Paris, Charpentier*, 1862, 2 vol. in-12, demi-rel. mar. r.

369. Voyage en Italie par M. Jules Janin. *Paris, Ern. Bourdin, s. d.*, gr. in-8, fig. demi-rel. dos et coins de mar. bl. tête dor. n. rog. (*Niedrée*.)

370. Fournier (E.). L'Esprit dans l'histoire. — L'Esprit des autres. *Paris, Dentu*, 1857, 2 vol. in-18, demi-rel. mar. viol. n. rog.

371. Les Miettes de l'histoire, par Auguste Vacquerie. *Paris, Pagnerre*, 1863, in-8, demi-rel. mar. broché.

372. L'Antiquité dévoilée par ses usages, ou Examen critique des principales opinions, cérémonies et institutions religieuses et politiques de différents peuples de la terre, par feu M. Boulanger. *Amsterdam, M.-M. Rey*, 1768, 3 vol. pet. in-8, cart.

373. Voyage du jeune Anacharsis en Grèce, vers le milieu du quatrième siècle av. J.-C., par J.-J.

Barthélemy. *Paris, Janet et Cotelle*, 1824, 7 vol. in-8, pap. vél. portr. et atlas in-4. demi-rel. dos et coins de mar. or. tête dor. n. rog. (*Gardien*).

374. Bibliothèque historique de Diodore de Sicile traduite du grec, avec des notes, par Ferd. Hœfer. *Paris, L. Hachette*, 1865, 4 vol. in-12, demi-rel. mar. n. n. rog.

375. Le Grand Perturbateur romain, César, par Daniel Ramée. *Paris, E. Maillet*, 1870, in-8, portr. demi-rel. mar. br. n. rog.

376. Histoire des Confesseurs des empereurs, des rois et d'autres princes, par M. Grégoire, ancien évêque de Blois. *Paris, Baudouin frères*, 1824, in-8, demi-rel. mar. v. n. rog.

377. Essai sur l'histoire de la formation et des progrès du tiers-état, par Aug. Thierry. *Paris, Furne*, 1860, in-8, demi-rel. mar. br. n. rog.

378. Bibliothèque des autheurs qui ont escript l'histoire et topographie de la France. *Paris, Sébast. Cramoisy*, 1618, pet. in-8. vél.

379. Lettres sur l'histoire de France. Dix Ans d'études historiques, par Aug. Thierry. *Paris, Furne*, 1859, in-8, demi-rel. mar. br. n. rog.

380. Dix Ans d'études historiques, par Aug. Thierry. *Paris, Jules Tessier*, 1842, in-8, demi-rel. v. r.

381. Récits des temps mérovingiens, précédés de considérations sur l'histoire de France, par Aug. Thierry. *Paris, Furne*, 1858, in-8, demi-rel. mar. br. n. rog.

382. Histoire populaire de la France (par Duruy).— Histoire populaire contemporaine de la France (par le même). *Paris, L. Hachette*, 1862-64, 6 vol. gr. in-8, fig. demi-rel. mar. v. n. rog.

383. OEuvres de Jean, sire de Joinville, comprenant l'Histoire de saint Louis, le Credo et la Lettre à Louis X, avec un texte rapproché du français mo-

derne mis en regard du texte original corrigé et complété par M. Natalis de Wailly. *Paris, A. Leclere*, 1867, gr. in-8, demi-rel. dos et coins de mar. r. tête dor. n. rog.

384. Histoire de Jeanne Darc et réfutation des diverses erreurs publiées jusqu'aujourd'hui, par N. Villiaumé. *Paris, A. Lacroix*, 1864, in-8, demi-rel. mar. v. n. rog.

385. Chronique de la Pucelle, ou Chronique de Cousinot, suivie de la Chronique normande de P. Cochon, relatives aux règnes de Charles VI et de Charles VII, avec notices, notes et développements, par M. Vallet de Viriville. *Paris, A. Delahaye*, 1859, in-12, pap. vél. demi-rel. dos et coins de mar. v. tête dor. n. rog. (*Simier.*)

386. Satyre Ménippée de la vertu du Catholicon d'Espagne et de la tenue des Estats de Paris. *Ratisbonne, Mathias Keruer*, 1699, in-12, fig. v. f. fil.

387. Lescure (de). Les Amours de Henri IV. — Le Palais de Trianon. — Le Château de la Malmaison. 3 vol. in-12, fig. demi-rel. mar. n. rog.

388. La Jeunesse de Catherine de Médicis, par A. de Reumont, trad. annotée et augmentée par Arm. Baschet. *Paris, H. Plon*, 1866, in-8, portr. demi-rel. mar. bl. n. rog.

389. Remerciement avec une enseigne de treize pierres précieuses présentée au roy de France Louys XIII pour avoir rétably le collége de Clermont de la compagnie de Jésus à Paris, par L. Richeome. *Bourdeaus, Simon Millanges*, 1618, in-12, demi-rel.

390. Histoire amoureuse des Gaules, par Bussy-Rabutin. *Paris, P. Jannet*, 1856, 3 vol. in-16, cart. n. rog.

De la Bibliothèque elzévirienne.

391. Mémoires de Mademoiselle de Montpensier, petite-fille de Henri IV, collectionnés par A. Ché-

ruel. *Paris*, *Charpentier*, 1858, 4 vol. in-12, demi-rel. mar. br. n. rog.

392. Mémoires du cardinal de Retz. *Paris*, *Charpentier*, 1859, 4 vol. in-12, demi-rel. mar. n. rog.

393. La Vie de la duchesse de la Vallière, où l'on voit une relation curieuse de ses amours et de sa pénitence. *Cologne*, *Jean de la Vérité*, 1695, pet. in-12, vél.

394. Les Historiettes de Tallemant des Réaux, augmentées par M. Monmerqué. *Paris*, *Delloye*, 1840, 10 tom. en 5 vol. in-12, portr. br.

395. Madame de Longueville, études sur les femmes illustres et la société du XVIIe siècle, par M. Victor Cousin. *Paris, Didier*, 1859, in-8, portr. demi-rel. mar. bl. n. rog.

396. Lettre de Fénelon à Louis XIV. *Paris, Ant.-Aug. Renouard*, 1825, in-8, portr. demi-rel. v. r. n. rog.

397. Le Siècle de Louis XIV, par M. de Francheville. *A Leypsic*, 1754, 4 part. en 2 vol. in-12, v. marbr.

Par Voltaire. Édition originale.

398. Tableaux de genre et d'histoire peints par différents maîtres, ou Morceaux inédits sur la régence, la jeunesse de Louis XV et le règne de Louis XVI, recueillis et publiés par F. Barrière. *Paris*, *Ponthieu*, 1828, in-8, demi-rel. v. bl.

399. Chroniques de l'Œil-de-Bœuf, des petits appartements de la cour et des salons de Paris, sous Louis XIV, la Régence, Louis XV et Louis XVI, par G. Touchard-Lafosse, illustrées par Janet-Lange. *Paris, G. Barba*, 2 vol. in-4, fig. demi-rel. bas. v.

400. Lettres de madame la comtesse du Barry. *Londres*, 1779, in-12, demi-rel. mar. v. n. rog. —

Histoire du gouvernement féodal, par A. Barginet. *Paris, Raymond*, 1825, in-12, demi-rel. mar. v.

401. Mémoires sur la chevalière d'Éon, avec son portrait d'après Latour. La Vérité sur les mystères de sa vie d'après des documents authentiques, par Fr. Gaillardet, *Paris, E. Dentu, s. d.*, in-8, demi-rel. mar. bl. n. rog.

402. Mémoires de la baronne d'Oberkirch, publiés par le comte de Montbrison. *Paris, Charpentier*, 1853, 2 vol. in-12, demi-rel. mar. r.

403. Histoire de Marie-Antoinette, par Edm. et J. de Goncourt. *Paris, F. Didot*, 1858, in-8, demi-rel. mar. viol.

404. Histoire-Musée de la République française, depuis l'Assemblée des Notables jusqu'à l'Empire, par Aug. Challamel. *Paris, G. Havard*, 1857, 2 vol. gr. in-8, fig. demi-rel. mar. r.

405. Histoire de la Révolution française, par L. Blanc, dessins de M. H. de la Charlerie. *Paris, Ch. Lahure, s. d.*, 3 vol. in-4, fig. cart. toile, tr. dor.

406. Histoire de la Révolution française, par J. Michelet. *Paris, A. Lacroix*, 1868-69, 6 vol. in-8, demi-rel. mar. v. n. rog.

407. Essais historiques sur les causes et les effets de la Révolution de France, par C.-F. Beaulieu. *Paris, Maradan*, 1801-1803, 6 vol. in-8, bas, rac.

408. Collection complète des Mémoires relatifs au procès de M. le cardinal de Rohan, arrangés dans l'ordre où ils ont paru. *Paris*, 1786, 2 vol. in-4, demi-rel. *Portraits*.

409. Messe des Sans-Culottes, chantée à la Belle-Tour de Reims. Pièce historique par L. Paris. —Culte décadien, par J. Mongin. — L'Art de plumer la poule sans la faire crier. *Reims, Brissart-Binet*, 1854, pet. in-12, demi-rel. v. f.

410. Marie-Anne-Charlotte de Corday d'Armont, par Chéron de Villiers. *Paris*, *Amyot*, 1865, gr. in-8, pap. vél. portr. et atlas in-4, demi-rel. mar. br. tête dor. n. rog.

411. Michelet (J.). Jeanne d'Arc. — Les Femmes de la Révolution. — Bible de l'humanité. — La Sorcière. — Le Peuple. 5 vol. in-12, demi-rel. mar.

412. Histoire du dix-neuvième siècle. — Directoire. — Origine des Bonaparte. *Paris*, *G. Baillière*, 1872, in-8, demi-rel. mar. br. n. rog.

413. Histoire de Napoléon Ier, par P. Lanfrey. *Paris*, *Charpentier*, 1868-70, 4 vol. in-12, br.

414. La Lanterne magique. Histoire de Napoléon racontée par deux soldats, par Fr. Soulié. *Paris*, *Al. Henriot*, 1838, in-8, fig. demi-rel. bas.

415. Histoire de la campagne de 1815. — Waterloo, par le lieutenant-colonel Charras. *Paris*, *le Chevalier*, 1869, 2 vol. et atlas in-8, demi-rel. mar. br. n. rog.

416. Histoire de la campagne de 1815, par Edgar Quinet. *Paris*, *M. Lévy*, 1862, in-8, demi-rel. mar. r. n. rog.

417. Dictionnaire des Girouettes, ou nos contemporains peints par eux-mêmes (par M. le comte de Proisy d'Eppe). *Paris*, *Al. Eymery*, 1815, in-8, fig. color. cart. n. rog.

418. Histoire des Deux Restaurations jusqu'à l'avénement de Louis-Philippe (de janvier 1813 à octobre 1830), par Ach. de Vaulabelle. *Paris*, *Perrotin*, 1855-57, 8 vol. in-8, demi-rel. mar. bl. n. rog.

419. Révolution de 1830 et situation présente, par Cabet. *Paris*, 1835, in-12, demi-rel. — Pamphlets de A. Rogeard. *Bruxelles*, 1868, in-18, demi-rel. mar. bl. n. rog.

420. Le Roi Louis-Philippe. — Liste civile, par M. le comte de Montalivet. *Paris, M. Lévy*, 1851, in-8, portr. et pl. demi-rel. mar.

421. Vie de Marie-Amélie, reine des Français, par M. Aug. Trognon. *Paris, M. Lévy*, 1871, in-8, demi-rel. mar. v. n. rog.

422. Madame la duchesse d'Orléans. *Paris*, 1859. — Histoire de Marie Stuart, par J.-M. Dargaud. *Paris*, 1859. — Jacques Cœur, par M. Cordelier-Delanoue. *Tours*, 1848, 3 vol. in-12, demi-rel. mar.

423. Mémoires inédits de Lamartine, 1790-1815. *Paris, Hachette*, 1870, in-8, br.

424. Le Manuscrit de ma Mère, avec commentaires, prologue et épilogue, par A. de Lamartine. *Paris, Hachette*, 1871, in-8, br.

425. Histoire du second Empire (1848-1869), par Taxile Delord. *Paris, G. Baillière*, 1869-73, 3 vol. in-8. br.

426. Quelques Pages d'histoire contemporaine, lettres politiques par Prévost-Paradol. *Paris, M. Lévy*, 1862-67, 4 vol. in-12, demi-rel. mar. bl. n. rog.

427. L'Église et la Société chrétienne en 1861, par M. Guizot. *Paris, M. Lévy*, 1861, in-8, demi-rel. mar. bl. n. rog.

428. La France nouvelle, par M. Prévost-Paradol. *Paris, M. Lévy*, 1868, in-8, demi-rel. mar. bl. n. rog.

429. Yriarte (Ch.). Les Tableaux de la guerre.—Les Princes d'Orléans. *Paris*, 1870-72, 2 vol. in-12, demi-rel. mar. n. rog.

430. Les Clubs rouges pendant le siége de Paris, par M. G. de Molinari. — Les Associations ouvrières en Angleterre (Trade's Unions), par M. le comte

de Paris. *Paris, G. Baillière,* 1869, 2 vol. in-12, demi-rel. mar.

431. Les Prussiens chez nous, par Ed. Fournier. — Mémorial du siége de Paris, par J. d'Arsac. — L'Agonie de la Commune, par Ern. Daudet, 3 vol. in-12, br.

432. La Marine au siége de Paris, par le vice-amiral baron de la Roncière-Lenoury. *Paris, H. Plon,* 1872, in-8. — Campagne de l'armée du Nord en 1870-71, par le général L. Faidherbe. *Paris, Dentu,* 1871, in-8, br. — La Campagne de Metz, par un général prussien. *Bruxelles*, 1871, in-8, carte br.

433. Histoire physique, civile et morale de Paris, par J.-A. Dulaure. *Paris, Furne,* 1837-39, 8 vol. in-8, fig. cart. n. rog.

434. Heine (H.). La France. — Lutèce, lettres sur la vie politique, artistique et sociale de la France. *Paris, M. Lévy,* 1857-66, 2 vol. in-12, demi-rel. mar. n. rog.

435. Paris-Guide, par les principaux écrivains et artistes de la France. *Paris, A. Lacroix,* 1867, 2 vol. in-12, fig. br.

436. Tableau de Paris (par Mercier); nouvelle édition, corrigée et augmentée. *Amsterdam,* 1783-88, 12 tom. en 6 vol. in-8, demi-rel. v. viol.

437. Le Nouveau Paris, par le citoy. Mercier. *Paris, Fuchs, s. d.,* 6 tom. en 2 vol. in-8, bas.

438. Paris pendant la Révolution (1789-1798), ou le Nouveau Paris, par Sébast. Mercier. *Paris, Poulet-Malassis,* 1862, 2 vol. in-12, demi-rel. mar. br. n. rog.

439. Tableau de Paris, par Edmond Texier. *Paris, Paulin,* 1852, 2 tom. en 1 vol. gr. in-4, fig. d'après Blanchard, Cham, Gavarni, etc., demi-rel. v. r.

440. Dernier Tableau de Paris, ou Récit historique de la Révolution du 10 août 1792, par J. Peltier. *Londres*, 1794, 2 vol. in-8, portr. et cartes, demi-rel. v.

441. La Démagogie en 1793 à Paris, par C.-A. Dauban. *Paris, H. Plon*, 1868, in-8, fig. demi-rel. mar. br. n. rog.

442. Paris en 1794 et en 1795 ; histoire de la rue, du club, de la famille, par C.-A. Dauban. *Paris, H. Plon*, 1869, in-8, fig. demi-rel. mar. br. n. rog.

443. Le Nouveau Paris, histoire de ses 20 arrondissements, par E. de la Bédollière, illustrations de G. Doré. *Paris, G. Barba, s. d.*, gr. in-8, cartes, demi-rel. mar. br.

444. Un Salon de Paris, 1824 à 1864, par Mme Ancelot. *Paris, E. Dentu*, 1866, gr. in-8, photogr. demi-rel. mar. v. n. rog.

445. Un Hiver à Paris, par M. Jules Janin. *Paris, L. Curmer*, 1843, gr. in-8, fig. demi-rel. dos et coins de mar. v. tête dor. n. rog. (*Niedrée.*)

446. L'Été à Paris, par M. Jules Janin. *Paris, L. Curmer, s. d.*, gr. in-8, fig. demi-rel. dos et coins de mar. v. tête dor. n. rog. (*Niedrée.*)

447. Mornand (F.). La Vie des Eaux. — La Vie de Paris. *Paris*, 1855, 2 vol. in-18, demi-rel. mar. br.

448. Paris grotesque. Les Célébrités de la rue. Paris, 1815 à 1863, par Charles Yriarte. *Paris*, 1864, in-8, fig. demi-rel. mar. viol. n. rog.

449. Veuillot (L.). Les Odeurs de Paris. — Les Couleuvres. *Paris, V. Palmé*, 1867-69, 2 vol. in-12, demi-rel. mar. v. n. rog.

450. Mémoires tirés des archives de la police de Paris, depuis Louis XIV jusqu'à nos jours, par J. Peuchet. *Paris, A. Levavasseur*, 1838, 6 vol. in-8, cart.

451. Les Cythères parisiennes, histoire anecdotique des bals de Paris, par Alf. Delvau, avec 24 eaux-fortes par F. Rops et E. Théroud. *Paris, E. Dentu*, 1864, in-12, demi-rel. mar. br. n. rog.

452. L'Hôtel des haricots, maison d'arrêt de la garde nationale de Paris, par Albert de Lasalle, 70 dessins par Edmond Morin. *Paris, Dentu, s. d.*, in-8, demi-rel. mar. viol. n. rog.

453. Histoire anecdotique des barrières de Paris, par Alf. Delvau. *Paris, E. Dentu*, 1865, in-12, eaux-fortes par E. Théroud, demi-rel. mar. v. n. rogné.

454. Fournier (E.). Enigmes des rues de Paris. — Chroniques et légendes des rues de Paris. *Paris, Dentu*, 1860-64, 2 vol. in-8, demi-rel. mar. viol. non rog.

455. Les Anciennes Maisons de Paris sous Napoléon III, par M. Lefeuve. *Paris*, 1870-73, 5 vol. pet. in-8, br.

456. La Tour de la vallée, par Lefeuve. *Montmorency*, 1867, 2 vol. in-8, br.

457. Les Environs de Paris, histoire, monuments, paysages, Versailles, Saint-Cloud, Fontainebleau, Rambouillet, etc. *Paris, P. Boizard*, 1855, gr. in-8, fig. demi-rel. mar. v.

458. Les Fastes de Versailles depuis son origine jusqu'à nos jours, par H. Fortoul. *Paris, H. Delloye*, 1839, gr. in-8, portr. et fig. demi-rel. mar. v. n. rog.

459. Plan de la ville de Saint-Omer, présenté à Messieurs du Magistrat par J. Belin en 1695, publié et accompagné d'une notice par Félix le Sergeant de Monnecove. *Saint-Omer, Tumerel*, 1868, in-4, plan lith. br.

Tiré à 60 exemplaires, dont 40 seulement ont été mis dans le commerce.

460. Armorial des villes, des abbayes, des compagnies, des corps et des communautés laïques, ec-

clésiastiques et d'arts et métiers appartenant aux provinces qui ont formé le département du Pas-de-Calais, publié d'après les manuscrits originaux (par Félix le Sergeant de Monnecove). *Arras, A. Planque*, 1872, gr. in-8, br.

Tiré à 120 exemplaires numérotés. L'un des 20 sur papier de couleur.

461. Les Enfants de Saint-Omer à la défense de Paris assiégé par les Allemands, 1870-1871. Notice, liste générale, nécrologie (par Félix le Sergeant de Monnecove). *Saint-Omer*, 1871, in-8, br.

Un des 25 exemplaires sur papier fort.

462. La Normandie, par Jules Janin. *Paris, Ern. Bourdin, s. d.*, gr. in-8, fig. demi-rel. mar. br.

463. La Bretagne, par M. Jules Janin, illustrée par MM. Bellangé, Gigoux, Noël, etc. *Paris, Ern. Bourdin, s. d.*, gr. in-8, demi-rel. mar. br.

464. Histoire d'Angleterre, depuis les temps les plus reculés jusqu'à nos jours, par MM. Roujoux et Al. Mainguet. *Paris, Ch. Hingray*, 1844, 2 vol. gr. in-8, fig. demi-rel. dos et coins de mar. viol. tête dor. n. rog. (*Niedrée.*)

465. Histoire de la conquête de l'Angleterre par les Normands, par Aug. Thierry. *Paris, Furne*, 1859, 2 vol. in-8, portr. demi-rel. mar. br. n. rog.

466. Londres et les Anglais, par Émile de la Bédollière, illustré par Gavarni. *Paris, G. Barba, s. d.*, gr. in-8, demi-rel. mar. r. n. rog.

467. La Suisse pittoresque, ornée de vues dessinées par W. H. Bartlett, accompagnée d'un texte par William Beattie, traduit de l'anglais par L. de Bauclas. *Londres, G. Virtue*, 1836, 2 vol. in-4, demi-rel. dos et coins de v. bl. n. rog.

468. L'Espagne sous Charles-Quint, Philippe II et Philippe III, ou les Osmanlis et la monarchie espagnole pendant les XVIe et XVIIe siècles, par Léopold Ranke, trad. de l'allemand et augmenté de

notes, par J.-B. Haiber. *Paris*, *Sagnier et Bray*, 1845, in-8, demi-rel. mar. bl. n. rog.

469. Histoire de Marie Stuart, reine d'Écosse et de France, avec les pièces justificatives et des remarques. *Londres*, 1742, 2 vol. in-12, portr. demi-v. br.

470. La Question romaine, par E. About. *Bruxelles*, *Meline*, 1859, in-8, demi-rel. mar. viol. non rogné.

471. Rome contemporaine, par Edmond About. *Paris*, *M. Lévy*, 1861, in-8, demi-rel. mar. bl. n. rog.

472. Histoire de la République de Venise, par Léon Galibert. *Paris*, *Furne*, 1847, gr. in-8, fig. mar. v. dent. tr. dor.

473. Histoire secrète du gouvernement autrichien, par Alfred Michiels. *Paris*, *E. Dentu*, 1861, in-8, demi-rel. mar. viol. n. rog.

474. La Vérité sur la Russie, par le prince Pierre Dolgoroukow. *Paris*, *A. Franck*, 1860, in-8, demi-rel. mar. br. n. rog.

475. Histoire de la dernière guerre de Russie (1853-1856), par L. Guérin. *Paris*, *Dufour*, 1859, 2 vol. gr. in-8, fig. demi-rel. mar. br. n. rog.

476. Études sur la Chine contemporaine, par Maurice d'Irisson. *Paris*, *Chamerot*, 1869, in-8, demi-rel. mar. viol. n. rog.

477. L'Élévation et la chute de l'empereur Maximilien. Intervention française au Mexique, 1861-1867, par le comte de Kératry. *Paris*, *A. Lacroix*, 1867, in-8, demi-rel. mar. viol. n. rog.

478. Lima, esquisses historiques, statistiques, administratives, commerciales et morales, par Manuel A. Fuentes. *Paris*, *F. Didot*, 1866, gr. in-8, fig. demi-rel. mar. br. n. rog.

479. Comettant (Oscar). Trois Ans aux Etats-Unis. — De haut en bas, impressions pyrénéennes. — Le Nouveau Monde, scènes de la vie américaine. En vacances. 4 vol. in-12, demi-rel. mar. viol. n. rog.

BIBLIOGRAPHIE. — ENCYCLOPÉDIE.

480. L'Amour des livres, par M. Jules Janin. *Paris, J. Miard,* 1866, in-18, pap. vergé, demi-rel. mar. n. rog.

Tiré à 200 exemplaires. Devenu rare.

481. Catalogue des livres rares et précieux composant la bibliothèque de feu M. J.-C. Brunet (1re partie), avec la table des prix. *Paris, L. Potier,* 1868, in-8, br.

Exemplaire sur papier de Chine.

482. Notice sur les Heures gothiques imprimées à Paris à la fin du xve siècle et dans une partie du xvie, par J.-C. Brunet. *Paris, F. Didot,* 1864, in-4, br.

Tiré à 20 exemplaires.

483. Curiosités bibliographiques, par Ludovic Lalanne. *Paris, A. Delahays,* 1857, in-18, vél.

484. Chi era Francesco da Bologna (par A. Panizzi). *Londra,* 1858, in-18, br.

485. Histoire des livres populaires ou de la littérature du colportage. *Paris, E. Dentu,* 1864, 2 vol. in-12, fig. demi-rel. v. n. rog.

486. Mélanges tirés d'une bibliothèque romantique, par Ch. Asselineau. *Paris, R. Pincebourde,* 1866, in-8, pap. de Holl. eau-forte de C. Nanteuil, demi-rel. mar. br. n. rog.

487. Dictionnaire de la conversation et de la lecture. Supplément. *Paris, F. Didot,* 1864, tom. I à III, gr. in-8, br.

SUPPLÉMENT.

488. Biblia sacra (en allemand). *Ekligen, G. A. Bonacter*, 1748, in-8, fig. mar. n. tr. dor.

489. Nouvelle Traduction du livre des Psaumes selon la Vulgate et les différens textes, avec des notes littérales et grammaticales (par Jacques de Mélicque). *Paris, L. Guérin*, 1705, in-8, fig. mar. r. fil. tr. dor. (*Rel. anc.*)

Avec des notes manuscrites.

490. Le Nouveau Testament de N.-S. Jésus-Christ, traduit en françois sur la Vulgate, par M. Le Maistre de Sacy. *Paris, Guil. Desprez*, 1699, in-12, réglé, mar. citr. dent. à froid, tr. dor. (*Rel. anc.*)

491. Remarques tirées de l'Ecriture sainte. Pet. in-8, mar. r. fil. tr. dor. (*Rel. anc.*)

Manuscrit.

492. Præces piæ..... Pet. in-4, v. (*Rel. mod.*)

Manuscrit, sur vélin, du quinzième siècle. Il est composé de 117 feuillets, et orné de cinq grandes miniatures avec bordures. La bordure d'un autre feuillet a été coupée.

493. Explication des maximes des saints sur la vie intérieure, par messire François de Salignac-Fénelon. *Paris, P. Aubouin*, 1697, in-12, v. gr.

494. Torrent de feu sortant de la face de Dieu pour dessécher les eaux de Mara encloses dans la chaussée du Moulin d'Ablon, composé par le R. P. F. Svares de Ste-Mara. *Paris, Fleury Bourriquant*, 1608, pet. in-8, v. f. fil. tr. dor. (*Duru.*)

495. Lettres à M. l'abbé de Pradt, par un indigène de l'Amérique du Sud. *Paris, Rodriguez*, 1818,

in-8, mar. v. dent. tr. dor. (*Aux armes du comte d'Artois.*)

496. Anti-Machiavel, ou Essai de critique sur le Prince de Machiavel (par Frédéric II, roi de Prusse), publié par M. de Voltaire. *Amsterdam, J. La Caze*, 1741, in-8, v. f. (*Aux armes.*)

497. Le Diogène de d'Alembert, ou Diogène décent. Pensées libres sur l'home et sur les principaux objets des connaissances de l'home, par M. de Prémontval. *Berlin, J.-H. Schneider*, 1755, pet. in-12, mar. r. fil. tr. dor. (*Rel. anc.*)

498. Traicté de la dissolution du mariage par l'impuissance et froideur de l'homme ou de la femme (par Hotman); seconde édition, revue et augmentée. *Paris, Mamert Patisson*, 1595, pet. in-8, cart.

499. L'Iliade et l'Odyssée d'Homère, traduction nouvelle par MM. Gin et Mentelle. *Paris, Servière et Nyon*, 1783-84, 8 vol. in-12, v. marbr. fil. tr. dor. (*Aux armes.*)

500. Fabularum Æsopiarum libri quinque. *Glasguæ, R. et A. Foulis*, 1754, pet. in-8, mar. r. fil. tr. dor. (*Rel. anc.*)

501. La Jeunesse d'Estienne Pasquier et sa suite. *Paris, J. Petit-Pas*, 1610, pet. in-8, v. f. fil. tr. dor.

502. La Religion, poëme (par Racine). *Paris, J.-B. Coignard*, 1742, in-8, v. f.

Exemplaire en grand papier.

503. Les Saisons, poëme (par de Saint-Lambert). *Amsterdam*, 1769, in-8, fig. mar. r. dent. tr. dor.

504. Sancho Pança gouverneur, poëme burlesque, par Mme L*** (Lévêque). *Amsterdam, Desbordes*, 1738, in-12, mar. r. fil. n. rog.

505. L'Espérance, poëme, par J.-B. de Saint-Victor. *Paris, Barba*, 1803. — Le Voyage du poëte,

poëme par le même. *Paris*, *L. Collin*, 1803, in-18. pap. vél. fig. mar. r. dent. tr. dor.

506. L'Imagination, poëme, par J. Delille. *Paris*, *L.-G. Michaud*, 1819, 2 vol. in-8, fig. mar. bl. dent. tr. dor. (*Aux armes de France.*)

507. L'Esprit du grand Corneille, suivi des chefs-d'œuvre de Th. Corneille. *Paris*, *impr. de P. Didot*, 1819, 2 vol. in-8, v. ant. tr. dor.

Aux armes de la duchesse de Berry.

508. Les Confessions du comte de ***, écrites par lui-même à un ami (par Duclos). *Amsterdam*, 1742, in-12, mar. v. fil. tr. dor. (*Rel. anc.*)

509. Antigone, par M. P.-S. Ballanche, seconde édition. *Paris*, *impr. de P. Didot l'aîné*, 1819, in-8, fig. mar. r. dent. tr. dor.

510. L'Almérinde (traduit de l'italien de Luc Asserino, par d'Audiguier neveu, aidé de Malleville). *Paris*, *Aug. Courbé*, in-8, fig. mar. r. fil. tr. dor. (*Rel. anc.*)

511. Cronica cronicarum. Abbrégé et mis par figures descêtes et Rondaulx, contenans deux parties principales... *Imprimé à Paris par François Regnault*, *libraire juré de l'Université de Paris*, *s. d.*, in-4, goth. mar. r. tr. dor.

Exemplaire grand de marges, mais piqué de vers et incomplet de deux feuillets. On y a adapté une reliure ancienne, aux armes de Mortemart.

512. Discours de Michel de l'Hospital, chancelier de France, sur le sacre de François II, traduit en vers par Claude Joly. *Sur l'imprimé des Elzevirs à Paris*, *chez F. Didot*, 1825, in-18, pap. de Holl. demi-rel. dos et coins de mar. br. n. rog.

513. Le Réveil-matin des François et de leurs voisins, composé par Eusèbe Philadelphe, cosmopolite, en forme de dialogues (attribué à Barnaud). *Edimbourg* (*Genève*), *impr. de J. James*, 1574, pet. in-8, v. ant. fil. tr. dor.

514. Mémoires de la cour de France pour les années 1688 et 1689, par Mme la comtesse de la Fayette. *Amsterdam, J.-Fr. Bernard,* 1731, in-12, v. jas. fil. tr. dor.

515. La Vie d'Olivier Cromwell, lord protecteur de la république d'Angleterre, d'Ecosse et d'Irlande, trad. de l'anglois. *La Haye, Gérard Block,* 1738, 2 vol. in-8, v. f. (*Aux armes de d'Aremberg.*)

516. Histoire succincte de la succession à la couronne de la Grande-Bretagne depuis le commencement de la monarchie jusques à présent, traduit de l'anglois. *S. l.*, 1714, pet. in-8, cart. et portr. v. f. fil. (*Aux armes.*)

---

517. Nouveaux Cantiques spirituels, avec des parodies sur les grands airs et les airs de musique instrumentale. *Paris, J.-B. Garnier,* 1750, 2 part. en 1 vol. in-12, br.

518. La Discipline des Eglises prétendues réformées en France, c'est-à-dire l'ordre par lequel elles sont conduites et gouvernées, par Fr. Véron. *Paris, L. Boulanger,* 1643, in-12.

519. Discours sur la nudité des mamelles des femmes, par un R. P. capucin. *Gand, Duquesne,* 1857, pet. in-8, pap. de Holl. br.

520. Philosophie du droit, par E. Lerminier. *Paris, Paulin,* 1831, 2 vol. in-8. br.

521. Les Pénalités anciennes. Supplices, prisons et grâces en France d'après des textes inédits, par Charles Desmaze. *Paris, Plon,* 1866, in-8, fig. broché.

522. Description sommaire des desseins des grands maistres d'Italie, des Pays-Bas et de France, du cabinet de feu M. Crozat, avec des réflexions, par P.-J. Mariette. *Paris, P.-J. Mariette,* 1741, in-8, cart.

523. Q. Horatius Flaccus cum commentariis selectissimis variorum et scholiis integris Johannis Bond. *Lugd. Batav., ex officina Hackiana*, 1663, in-8, titre gravé, v. gr.

524. Alaric, ou Rome vaincue, poëme héroïque, par M. de Scudéry. *Imprimé à Paris, et se vend à Paris chez Aug. Gourbé*, 1656, in-12, fig. v. gr.

525. Le Mérite des femmes, poëme, par G. Legouvé. *Paris, impr. de P. Didot, an IX*, in-18, fig. br.

526. L'Hymen et la Naissance, ou poésies en l'honneur de L. M. Impériales et Royales. *Paris, F. Didot*, 1812, in-8, cart. n. rog.

527. Le Dernier chant du pèlerinage de Childe Harold, par Alph. de Lamartine. *Paris, Dondey-Dupré*, 1825, in-8, br.

Édition originale.

528. Chants civils et religieux, par Aug. Barbier. *Paris, P. Masgana*, 1841, in-8, br.

Édition originale.

529. Rimes légères, chansons et odelettes, par Auguste Barbier. *Paris, E. Dentu*, 1861, in-12, br.

530. Francisque Greppo. Les Chants du matin, ou premier pas poétique, poésies satiriques et diverses. Vercingétorix. *Paris, E. Dentu* (*Lyon, impr. L. Perrin*), 1866, pet. in-8, pap. vél. br.

531. Calendau, pouemo nouveu, par Frederi Mistral, traduction française en regard. *Avignon, J. Roumanille*, 1867, in-8, portr. demi-rel. mar. v. tête dor. n. rog.

532. Il Pastor fido. Le Berger fidelle faict italien et françois, par B. Guarine. *Paris, M. Guillemot*, 1622, pet. in-12, vél.

533. Comédies de Plaute, traduites en françois avec des remarques par Mlle le Fèvre. *Paris, D. Thierry*, 1683, 3 vol. in-12, v. gr.

534. Les Œuvres de M. de Palaprat. *Paris*, *Briasson*, 1735, in-12, v. marbr. (*Aux armes de Saulx-Tavannes.*)

535. L'Innocence reconnue, ou preuves de la bonté du cœur, de l'infaillibilité du goût, de la justesse de l'esprit et de la rectitude du jugement de M. Geoffroy. *Paris*, *an X*, in-8, br.

536. Hector, tragédie, par J.-Ch. Luce de Lancival. *Paris*, *J. Chamerot*, 1809, in-8, br.

Édition originale.

537. Sylla, tragédie en cinq actes, par E. Jouy. *Paris*, *Ponthieu*, 1822, in-8, fig. br.

538. L'Important, comédie, par M. Ancelot. *Paris*, *Ponthieu*, 1827, in-8, br.

Édition originale.

539. Second Voyage de Jacques le Fataliste et son maître, de Diderot. *Versailles*, *Locard*, *an XII*, 1803, in-12, br.

540. Résurrection d'Atala et son voyage à Paris. *Paris*, *Renard*, 1802, 2 vol. in-12, br.

541. La Diane de Georges de Montemayor, nouvellement traduite en françois (par Anth. Vitray, Parisien). *Paris*, *Robert Foüet*, *s. d.*, in-8, titre gr. et fig. mar. r. fil. tr. dor. (*Rel. anc.*)

542. Histoire de Julie Mandeville, ou lettres traduites de l'anglois, par M. B***. *Paris*, *Duchesne*, 1764, 2 tomes en 1 vol. in-12, bas. fil.

543. Une Blonde, histoire romanesque, précédée d'une notice nécrologique par un homme qui n'est pas mort, par Horace Raisson. *Paris*, *J. Bréauté*, 1833, in-8, fig. br.

544. La Belle Veuve, roman intime, par Anatole Dumas. *Paris*, *Isidore Pesron*, 1835, in-8, br.

545. Le Roman de la chair, par Jean Dolent, 100 dessins par Hadol. *Paris*, *F. Cournol*, 1866, in-12, demi-rel. bas.

546. Poissarderies, ou discours des halles et des ports. *A la Grenouillière, impr. de Mlle Masson, marchande d'orangers, s. d.* — Lettres de la Grenoullière entre M. Jérosme Dubois, pêcheur du Gros-Caillou, et Mlle Nanette Dubut, blanchisseuse de fin. *A la Grenoullière, s. d.* — L'Entretien des bonnes compagnies. *Troyes, N. Oudot,* 1681, pet. in-8, v. marbr.

547. C. Plinii Cæcilii Secundi Epistolæ et Panegyricus Trajano dictus, recensuit J. Nic. Lallemand. *Parisiis, Barbou,* 1769, in-12, v. f. fil.

548. Les OEuvres de M. de Voiture, nouvelle édition, corrigée. *Paris, veuve F. Mauger,* 1701, 2 vol. in-12, v. gr.

549. Maupeouana, ou Correspondance secrette et familière du chancelier Maupeou avec son cœur Sorhouet. *Imprimée à la chancellerie,* 1773, 5 vol. in-8, bas.

550. OEuvres choisies de M. le comte de Ségur. *Paris, le Bailly,* 1843, in-8, br.

551. Recueil de pièces sur l'assassinat des ducs de Guyse. 1588-1589, en 1 vol. pet, in-8, demi-rel. v.

552. Journal de la cour de Louis XIV, suivi de quelques autres pièces relatives au caractère de ce monarque et aux événements de son règne. *Paris, Lenormant,* 1807, in-8, demi-rel. v. n. rog.

553. Papiers saisis à Bareuth et à Mende. *Paris, an X,* in-8, br.

554. D'Eglemont. Paris et Saint-Cloud au 18 brumaire. *Paris, H. Fournier,* 1832, in-8, br.

55. Pièces officielles touchant l'invasion de Rome par les Français en 1808. *Rome,* 1809, in-8, br.

556. Mémoires sur les événements qui ont précédé a mort de Joachim Ier roi des Deux-Siciles, par

Franceschetti. *Paris*, *Baudoin frères*, 1826, in-8, broché.

557. Collection complète des bulletins de la grande armée, de celles d'Italie et de Naples. *Paris*, *Marchand*, 1806, 2 vol. in-12, cart. n. rog.

558. Histoire et Généalogie des quatre branches de la famille Bonaparte depuis 1813 jusqu'en 1855, par A.-P. M. *Lyon*, *Perisse*, 1855, in-8, br.

---

559. Livre d'heures, en latin et en français. *Paris*, *J. Hetzel*, 1838, in-16, fig. et orn. mar. bl. fil. dent. int. tr. dor. (*Trautz-Bauzonnet.*)

Aux armes des Lanrivinen.

560. Œuvres complètes de Vauvenargues. *Paris*, *Brière*, 1821, 3 vol. gr. in-8, pap. vél. mar. r. dent. tr. dor. (*Thouvenin.*)

Aux armes des Lanrivinen.

561. Questions de littérature légale, par Ch. Nodier, 2me édition. *Paris*, *Crapelet*, 1828, gr. in-8, pap. de Holl. demi-rel. dos et coins de v. f. n. rog. (*Kœhler.*)

562. Histoire naturelle des Lépidoptères ou Papillons de France, par M. J.-B. Godart, avec les figures de chaque espèce, dessinées et coloriées d'après nature. *Paris*, *Crevot*, 1821-22, 2 vol. in-8, v. v.

563. Le Jardin des plantes, description complète, historique et pittoresque du Muséum d'histoire naturelle, etc., par MM. P. Bernard, L. Couailhac, etc. *Paris*, *L. Curmer*, 1842, gr. in-8, portr. et fig. demi-rel. v. viol. (*Kœhler.*)

564. L'Art de dessiner, par Jean Cousin. *Paris*, *J.-Fr. Cheneau*, 1771, in-8, obl. fig. sur bois, demi-rel. dos et coins de mar. r. tête dor. (*Petit.*)

Rare.

565. Scènes de la vie privée et publique des ani-

maux, vignettes par Grandville. *Paris, Hetzel et Paulin*, 1842, gr. in-8, demi-rel. v. bl. (*Kœhler.*)

566. Musée de Versailles avec un texte historique par M. Théodore Burette. *Paris*, *Furne*, 1844, 3 vol. in-4, fig. demi-rel. dos et coins de mar. r. (*Wagner.*)

567. Homeri carmina et cycli epici reliquiæ, græce et latine. *Parisiis, Ambr. Didot*, 1860, gr. in-8, demi-rel. v. f.

568. Odes d'Anacréon, traduites en vers sur le texte de Brunck par J.-B. de Saint-Victor. *Paris*, *H. Nicolle*, 1810, in-8, fig. de Girodet, demi-rel. dos et coins de cuir de Russie, tête dor. n. rog. (*Kœhler.*)

569. Q. Horatii Flacci opera omnia, recensuit Filon. *Parisiis*, *apud A. Sautelet*, 1828, in-48. mar. bl. compart. tr. dor. (*Bauzonnet-Trautz.*)

570. Vers sur la mort, par Thibaud de Marly. *Paris, Crapelet*, *s. d.*, gr. in-8, pap. vél. demi-rel. dos et coins de v. f. n. rog. (*Kœhler.*)

571. OEuvres de Gresset, nouvelle édition. *Paris*, *Bleuet*, 1803, 3 vol. in-18, pap. vél. fig. de Moreau, mar. r. dent. tr. dor.

Joli exemplaire, aux armes des Laurivinen.

572. Napoléon en Égypte. — Waterloo et le Fils de l'homme, par Barthélemy et Méry, édition illustrée par H. Vernet et H. Bellangé. *Paris, Ern. Bourdin*, *s. d.*, gr. in-8, demi-rel. mar. r.

573. Lamartine : Jocelyn. — La Chute d'un ange. *Paris*, *Ch. Gosselin*, 1839, 4 tom. en 2 vol. in-32, demi-rel. v. r.

574. Les Amours pastorales de Daphnis et de Chloé, traduites du grec de Longus par Amyot. *Paris*, *impr. de P. Didot*, *an VIII*, in-18, pap. vél. mar. r. fil. tr. dor.

Aux armes des Laurivinen.

575. Histoire de Gil Blas de Santillane, par le Sage, vignettes par J. Gigoux. *Paris, Dubochet*, 1838, gr. in-8, demi-rel. dos et coins de v. r.

576. Les Souffrances du jeune Werther, par Gœthe, trad. nouvelle. *Paris*, *Didot aîné*, 1809, in-8, fig. mar. bl. dent. doublé de tabis, tr. dor. (*Bozérian jeune.*)

Bel exemplaire aux armes des Lanrivinen.

577. Les Mille et une Nuits, contes arabes, traduits en françois par Galland, nouvelle édition revue par M. Destains, précédée d'une notice sur Galland, par Ch. Nodier. *Paris*, *A. Dupont*, 1827, 6 vol. in-8, fig. demi-rel. v. bl.

578. Proverbes et Dictons populaires aux XIIIe et XIVe siècles. *Paris*, *Crapelet*, 1831, gr. in-8, pap. vél. demi-rel. dos et coins de v. f. n. rog. (*Trautz-Bauzonnet.*)

579. Œuvres complètes de Cicéron, avec la traduction en français, publiées sous la direction de M. Nisard. *Paris*, *J.-J. Dubochet*, 1840-41, 5 vol. gr. in-8, demi-rel. v. br.

580. Œuvres complètes de Volney. *Paris*, *F. Didot*, 1837, gr. in-8. portr. v. r. fil. (*Lebrun.*)

Aux armes des Lanrivinen.

581. Société des Bibliophiles de Reims. 3 vol. in-12, pap. de Holl. demi-rel. dos et coins de mar. r. n. rog. (*Kœhler.*)

582. Géographie universelle ou description de toutes les parties du monde par Malte-Brun, 5e édition. *Paris*, *Furne*, 1841, 6 vol. gr. in-8, et atlas in-4, demi-rel. v. f. (*Kœhler.*)

583. Abrégé de Géographie, par Adrien Balbi. 3e édition. *Paris, J. Renouard*, 1838, in-8, cartes, demi-rel. v. br.

584. Voyage du jeune Anacharsis en Grèce, par J.-J. Barthelémy. *Paris*, *Janet et Cotelle*, 1824, 7 vol. in-8, portr. et atlas in-4, demi-rel. v. f. n. rog.

585. Voyage de la Grèce, par Pouqueville. 2e édition. *Paris*, *F. Didot*, 1826-27, 6 vol. in-8, cartes et fig. br.

586. OEuvres de Tite-Live (Histoire romaine) avec la traduction en français, publiées sous la direction de M. Nisard. *Paris, J.-J. Dubochet*, 1839, 2 vol. gr. in-8, demi-rel. v. f.

587. Tableau de mœurs au Xe siècle, ou la cour et les lois de Howel le Bon. *Paris*, *Crapelet*, 1832, gr. in-8, pap. de Holl. demi-rel. dos et coins de v. f. n. rog. (*Kœhler.*)

588. Lettres de Henri VIII à Anne Boleyn, avec la traduction, précédées d'une notice historique sur Anne Boleyn. *Paris*, *Crapelet*, *s. d.*, gr. in-8, portr. sur chine, demi-rel. dos et coins de mar. ol. n. rog. (*Purgold.*)

Exemplaire contenant une double version des vers de présentation au roi Charles X, les portraits d'Anne de Boleyn avec deux cartouches différents, et la lettre de M. G. Peignot, tirée à 40 exemplaires, à la fin du volume.

589. Le Combat de trente Bretons contre trente Anglois. *Paris*, *Crapelet*, 1827, gr. in-8, pap. vél. demi-rel. dos et coins de v. f. n. rog. (*Kœhler.*)

590. Madame de Sablé, par M. V. Cousin. *Paris*, *Didier*, 1854, in-8, demi-rel. mar. r.

591. Collection des types de tous les corps et uniformes militaires de la République et de l'Empire. 50 planches coloriées d'après les dessins de M. Hipp. Bellangé. *Paris*, *J.-J. Dubochet*, 1844, gr. in-8, cart. tr. dor.

FIN.

RED. :

19

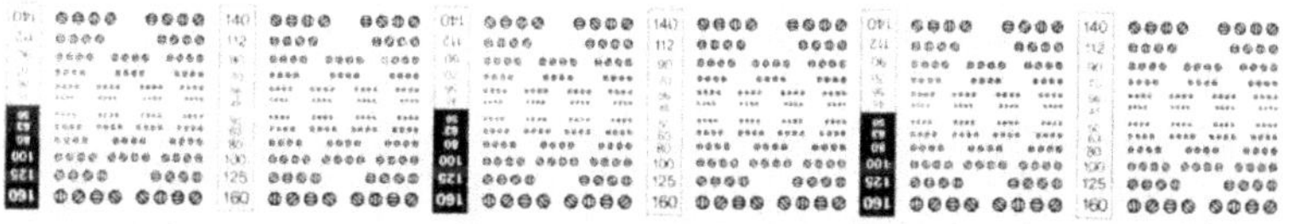